子育て短歌ダイアリー

ありがとうのかんづめ

俵万智

子の声で神の言葉を聞く夕べ　「すべてのことに感謝しなさい」

「おかあさんはおとな？」とふいに聞かれおり　たぶんおおむねそうだと思う

充実の秋と言うべし　収穫の人のまあるい背中を見れば

日本語の響き最も美しき二語なり　「おかあさん」「ありがとう」

バス停で礼儀正しく　ふるさとの言葉をつかう少年に会う

海鳴りに耳を澄ましているような　水仙の花ひらくふるさと

「さざやかなかぜ」と言い張るおさなごと　甲板にいる、さざやかな風

硫黄島、サイパン、グアム　子に語る言葉持たねばひたすらの青

子どもあてのダイレクトメール増えゆきて　今度の春は小学生か

知らぬまに脱皮する子か　上履きのサイズ大きくなるたび思う

シャンプーの香をほのぼのとたてながら　微分積分子らは解きおり

花びらのような足あと　追いかけてゆけば春へと続くこの道

水遊び　水と遊ぶということを　盥の中で子は続けおり

生き生きと蹴のびする子を見ておれば　身ごもりし日々のこと思い出す

着替えかた教えてやれば　「一年生半」になったらやりますと言う

ランドセル体の半分ぐらいある　おまえが上る水無月の坂

眠りつつ時おり苦い顔をする　そうだ世界は少し苦いぞ

昼寝する吾子の横顔　いっぽんの植物の蔓のごとくたどれり

苗床の苗思わせて並びおり　一年一組ちいさな机

手をあげて答えたがっている声が　欅の新芽のように重なる

ついてってやれるのはその入口まで　あとは一人でおやすみ坊や

思い出の一つのようで　そのままにしておく麦わら帽子のへこみ

落書きがアートしている秋の午後　工事現場の時間を止めて

「いちねんせいひみつぶっく」の表紙には　「みるな」とありぬ見てほしそうに

火の匂い子は嗅ぎいたり　マンションのオール電化の部屋に育ちて

ゲーム、パソコン、テレビ、ダメとは言わないが　おやつのようなものと教える

課題図書手にとらぬ子が繰り返し　読んでいるなり「どろんここぶた」

楽天の帽子をかぶり子がゆけば　声かけられる定禅寺通り

プラモデル買いに行くとき　元気よく誰彼となく挨拶をする

古書店にどこか似ており　プラモデル専門店に箱は積まれて

危ないことしていないかと子を見れば　危ないことしかしておらぬなり

前世は海草なのかと思うまで　プールが好きでブランコが好き

Xに交わる二つの放物線　「ダブルしっこ」を子らは楽しむ

軽々と肩車されはしゃぐ子よ　それが男の人の背だよ

新しいノートにぐいと横棒をひけば　漢字の「一」あらわれる

木が困る　古くなったら木が枯れる　漢字の国の漢字の話

読み聞かせボランティーアの　おばちゃんとして戸を開ける　一年二組

ぶたの木にぶたの実がなる『ぶたのたね』　子の心にもぶたの実がなる

集まりて遊びのルール決めるとき　遊びではない子らのまなざし

サンドウィッチの名前の由来話しつつ　子どもに配るトランプカード

二年生　石垣島へ

さとうきび畑の鬼ごっこ ……99

子どもらは　ふいに現れくつろいで　「おばちゃんカルピスちょうだい」と言う

さとうきび畑を走る鬼ごっこ　さわさわと風ちくちくと足

ホテルから子が持ち帰りしコースター　葡萄の染みに少し汚れて

行きずりの人に貰いしゆでたまご　子よ忘れるなそのゆでたまご

2Bの短き鉛筆にぎりしめ　子が綴りゆく今日のできごと

自然から子は学びおり　虫の声、虫の性質、虫のとりかた

一億総中流となり　中流の我ら貧富の誤差にこだわる

スコールの後の緑よそしてまた　そのように育ちゆく子どもたち

「ツイッターはじめました」と書いてみる　冷やし中華のチラシのように

リツイート我もするなり　ツイッターは言葉のバケツリレーと思う
子は眠るカンムリワシを見たことを　今日一日の勲章として
口数のふいに増えたり　四年生男子「星座」の話になれば
マングローブかき分けてゆくカヤックは　カリブの海賊よりも海賊
海水で固めてつくるゆし豆腐　海のしょっぱさすなわち甘さ

三年生

オレが見ているほうが前 ……………… 129

人の子を呼び捨てにしてかわいがる　島の緑に注ぐスコール
小学生二人とスーパーボール二個　風呂に入ったきり出てこない
また海にモズクを探す季節きて　一年たったか、そうか一年
助けられてここまで来たよ　島ぞうりの鼻緒のかたち「人」という文字

隣る人に我はなりたし　ひたすらに子を受けとめて子を否定せず

子の髪を切りそろえいる日曜に　言葉はなくて豊かな時間

おさなごは言葉の小石につまずけり　「時間がなくなる」「期限が切れる」

母さんは合っていたのか　人生に答え合わせはなくて海鳴り

祈ることしかできなくて祈りおり　夏空に発つ白い飛行機

絵葉書のように見ており　馬に乗り馬をあやつる我が子の写真

画用紙に描けぬ夏の思い出を　心にしまい明日新学期

前を向けと言われる息子　「今オレが見ているほうが前」とつぶやく

指を折り五音七音数えいる　子らを撫でゆく海からの風

たっぷりと君に抱かれているような　グリンのセーター着て冬になる

子の語彙の増えゆく冬の食卓に　「上から目線」「マジハンパない」

王様のシャム猫という設定に　子はもぐりくる我のふとんへ

「はる」という敬語つかえぬ国にきて　我が日本語のしましま模様

楽しげに鈴鳴るごとき響きかな　「じんがねーらん」は銭がないこと

特大の絆創膏を購えり　男の子かい？　男の子です

学校から石蹴りながら帰宅する　昭和の男子も平成の子も

四年生

ドラムの響き

……171

ご先祖の川は流れて　子どもらの海へと続く十六日祭

見守るというだけの春　子には子の解決法があると信じて

さようなら《アディオース》　不思議の国のラ・マンチャ　なんにもなくてなにもかもある

沖縄の「あとからねー」と似ておりぬ　「シーユーアゲイン」やさしき言葉

恋しい時わからない時よわい時　ひらいてごらん『星の王子さま』

ウワバミに呑まれたゾウの絵をほめてやれる　大人になりたい、なろう

天高く際どいダジャレ　「押す遊び《プレイ》だから危ないおしくらまんじゅう」

平和ならできることすべて積み込んで　太平洋をめぐる客船

そのむかし魚であった子どもらは　水、水、水に飽かず飛びこむ

馬に乗り海をゆく子が振り向きぬ　触れえぬ波光のごとき笑顔に

約束を守らぬ男の笑顔よし　「ばっくれベン」と我らは呼べり

「大変」が「楽しかった」に変わるとき　旅の終わりを知る南風

藁をとり拝めるごとく手をすれば　おばあの指から縄が生まれる

教育の半分は「育」　日当たりのよきベランダに鉢を並べる

海上を巨大な鳥の這うごとし　凪に流れてゆく雲の影

「ぐうの音も出ない」の意味を間違えて　腹減りざかりの男子十歳

川遊び始める子らを見ておれば　ルール考えることから遊び

子どもらはマングローブの森に消え　「あった」とかすかな声が聞こえる

「オレがいまマリオなんだよ」　島に来て子はゲーム機に触れなくなりぬ

ツルの足四本と思いこみしゆえ　永遠に解けない問三がある

五年生

子のおらぬ週末

……213

脇腹に規則正しく打つ杭の　ゆくえも知らぬドラムの響き

子のドラム　ドンドンタッツードンタッツ　「シャーン」のところで得意そうなり

はつなつの汗光らせて五年生　絵札を「顔のひと」と呼ぶなり

週末の子ども集めて　花びらを配れるごとしトランプおばさん

マイネームをマヨネーズと言い子は笑う　島の小さな英語の時間

アメリカのアイドルのようにチェリーさん　アニメ「アキラ」を熱く語りぬ

赤瓦の屋根に上りて子は雲と話しているか　おーい、おおーい

大木があれば走って登りだす　男子よろしき島の休日

子のおらぬ週末の夜の白ワイン　手持ちぶさたな時間味わう

一週間の旅から帰る十歳の　瞳にうつる日常の青

病室の窓から見える　サトウキビ畑の中の自販機の赤

点滴が刻むリズムの　テッテチーテッテチー子は眠りゆくなり

晴れた日は「きいやま商店」聞きながら　シャツを干すなり海に向かって

カウンターに君の横顔見ておれば　ＤＪがかける「恋はみずいろ」

それぞれの家の洗剤の匂いして　汗ばんでゆく子らのＴシャツ

幼稚園卒園まで

さざやかな風

子の声で神の言葉を聞く夕べ「すべてのことに感謝しなさい」

子どもの幼稚園の卒園文集に、短歌を寄せてほしいというリクエストがあった。何首か候補作をあげたところ、お母さんたちに一番評判のよかったのが、掲出の歌だった。

キリスト教系の園なので、お祈りをしたり、賛美歌を歌ったりということが日常的に行われている。

「いつも、よろこんでいなさーい。……すべてーのことについて、かんしゃ、しなさーい」

面と向かって諭されたら、なかなか素直には聞けない内容かもしれない。いつも喜んでなんかいられないし、すべてのことに感謝するほど心に余裕もない、というのが多くの人の実感ではないだろうか。

だが、子どもの歌声で聞かされると「ふむふむ、そうだよなあ。そんなふうに思っていられたら、日々、心豊かに暮らせるだろうなあ」という気になるから不思議だ。まさに、その不思議な気分をとらえたくて、作った一首だった。

だから私は、子どもが話してくれる「宗教の時間に教わったこと」を楽しみにしている。

「あのね、小さいときは、みんなよい心で生まれてきて、きれいな目をしてるんだって」

「ふんふん、そうだね」

「でも、だんだん大人になると、心も目も、にごって汚くなってくるんだって」

「うう、そうだね。どうすれば、きれいになるのかなあ」

「おそうじ！　心のおそうじをするって、先生が言ってた」

「ふーん、どうやって？」

にごってきた心のそうじ、どうすればいいのだろうか。美しい自然に触れる？　子どもと、たっぷり遊ぶ？　たいした答えも思い浮かばないまま、私は息子の言葉を待った。


「あのね、ごめんなさいって言って、追い出すの」

「ごめんなさい？」

「うん、ごめんなさい」

そうか、素直な気持ちで謝ったり、反省したりするということか。確かに、それができなくなるのが、大人というものかもしれない。そうはいっても、とか、それにはそれなりの理由が、とか、言い訳や理屈や反論で自分を守ろうとしてしまう。素直にごめんなさいが言えない場面というのは、たくさんある。それどころか、「謝るというのは、自分の非を認めることだから、不利になる。できるだけ謝らないほうが、得策だ」などという処世術まである。

そうやって「ごめんなさい」を言わずにいるうちに、心の中に、汚れが溜《た》まっていくのだろう。まあ当たり前と言えば当たり前のことだし、今さらのような話かもしれない。が、無垢《むく》な子どもの声と言葉で言われると、妙に納得してしまう。

抽象的な言葉で、本質を言って、それがまっすぐに届くというのは、子どもの特権かもしれない。

私は、特に信仰を持っておらず、宗教の話というとむずかしそうで身構えてしまうところがある。が、子育てというフィルターを通してなら、具体的にうなずけることも多い。子どもから聞く宗教の話もそうだし、時おり保護者向けの講話などもあるのだが、それにどきっとさせられることがある。

先日「父母の祈り」というプリントをいただいたのだが、そこにこんな一節があった。

「些細《ささい》ないたずらに微笑《ほほえ》みかける時と、悪しき行いを毅然とたしなめる時、その二つの時を見分ける英知を与えてください」

こちらの気分によっては、些細ないたずらを毅然とたしなめてしまうことがあるなあと、反省させられたことだった。ごめんね。

「おかあさんはおとな?」とふいに聞かれおり
たぶんおおむねそうだと思う

充実の秋と言うべし
収穫の人のまあるい背中を見れば

今年の秋には、大きな楽しみがひとつある。息子が田植えをした稲が、お米となって届くのだ。

五月、体操教室の先生に引率されて、月山《がっさん》へ出かけていった。たった一日の「田植え体験」ではあったが、とても強い印象を受けたようだ。都市で暮らす日常では、とても味わえない自然が、そこにはあったのだろう。

「もうねえ、べっちゃあ、ねっちゃあってね、きもちわるいの！　しりもちついたら、パンツにもどろが入ってきて、ぎゃーってなって、おかおにもどろがついて……」

田んぼの泥のことを話すとき、ひときわ顔が輝いている。「気持ち悪い、気持ち悪い」と言いながら、なんだかとっても嬉《うれ》しそうだ。ふだんなら、わざと水たまりに入ったり、ぬかるみを歩いたりしては叱られているのに、「さあ、入って入って」と言われる泥の広場は、戸惑いつつも、さぞ新鮮だったことだろう。

「バツの印がしてあって、そこに苗を半分ぐらいぎゅっていれるの」と、田植えの話はつきない。しばらくたって乗った電車の窓から、青々とした田んぼが見えたときには、「たくみん（息子の愛称）の稲も、あんなになったかな。もしかしたら、たくみんのほうを向いているかも」と、熱心に見つめていた。

食育、というほど大げさなことではないが、食卓でもいい変化があった。「米っていう漢字はね、ぶんかいすると八、十、八ってなるのね。つまり一粒の米には八十八人の神様がいるんだって。残したら八十八人の神様が悲しむよ〜」と教えてやると、神妙な顔をしている。ぼろぼろちらかして残していたご飯が、ずいぶんマシになった。

さらに、おばあちゃんの家に泊まりに行って帰ってくると「お米ができるまでには、八十八の手間がかかるんだって。ばあばが言ってたよ」とのこと。田植えは、その中の一つの手間でしかない。この「八十八」にも、息子はじっと考えこんでいた。

ところで、田植え体験の他にも「缶詰づくり」というレクリエーションがあった。

「世界で一つの缶詰を手作りしますので、その中に入れるもの（大事なオモチャ、未来への手紙、夢を描いた絵など、なんでも結構です）を用意して持たせてください」と旅行の説明書にはある。

「何にしようか？　お手紙でも書いてみる？」とうながすと、「決めた！　おかあさんにおてがみかく」と張りきっている。

「でも、缶詰に入れちゃったら、お母さん読めないなぁ」

「いいの。そのおてがみは、おかあさんが死んだとき、一緒におはかに入れてあげるの！」

「えっ……そう……それは、どうもありがとう」

「じゃあかくから、あっちで、おしごとでもしてて」

私を追い払うと、すごく熱心に鉛筆を動かしはじめた。お墓かぁ。確かに、息子の手紙と一緒なら、寂しくないかもね、などと思いながらも、複雑な心境だ。すごくあっさり「死んだとき」と言われたからかもしれない。

完成したものを、はじめは隠していたが、やっぱり大作なので見てほしくなったのだろう。「ちょっとだけなら読んでもいいよ」と手紙を広げてくれた。

翌日には缶詰の中に入ってしまうので、私はこっそり、デジカメで撮影。

「ゆうれいのおかあさんえ。たくみんはおかあさんがだいすきでした。（中略）

あかちゃんのときおせわになりました。ありがとう。これからもげんきでね」

私がよく「たくみんは、赤ちゃんのとき寝なくて大変だった」と言っているのを、気にしているようだ。そんなことで「ありがとう」と言わせてしまって、申し訳ない。

日本語の響き最も美しき二語なり
「おかあさん」「ありがとう」

バス停で礼儀正しく ふるさとの言葉をつかう少年に会う

最近、「福井県の教育について」という主旨のインタビューを受けた。全国学力テストで、小中学生ともにトップかそれに近い好成績をおさめ、注目されているのだそうだ。福井で教育を受けた人間の一人ということで、私のところにもインタビュアーがいらした。

私は生まれは大阪で、中学二年生のときに福井へ転校した。高校の三年間も、福井の高校に通った。三十年も前のことなので、はたして私の話が参考になるかどうかはわからないけれど、自分自身の福井の印象をふりかえる、よい機会にはなった。

バスや電車を利用するとき、子どもたちが、しっかりとあいさつをする、というのに驚いた記憶がある。まねをすると、とても気持ちがよかった。後に東京の大学に進学し、帰省したときに「ああ、これこれ、懐かしいな」と思ったのも、このあいさつだった。

バスから降りるとき、運転手さんに向かって「ありがとー」というひとことを、誰もが当たりまえのように言っていく。運転手さんも、うなずきながら「気をつけての」などと返している。

人と人との距離が近いな、と感じた。決まった時間に公共の乗り物を利用すれば、なんとなくみな顔見知り、という雰囲気になる。私が高校に通うために乗っていた電車も、そうだった。途中、毎朝同じ駅で、体の不自由な息子さんをおぶって、お母さんが乗ってくる。二両目の真ん中あたりなのだが、いつしかその席は母子の決まった場所となり、その駅まで座る人はおらず、指定席のように空くようになった。

かたい言葉で言うと「地域社会」ということなのだろう。地域の大人たちと、子どもの距離がとても近い。子どもから見た運転手さんは「交通手段の担い手」ではなく「乗っている僕らを見守ってくれる人」なのだ。学力という点から見ると、直接的な要因ではないかもしれないが、子どもがまっすぐ育つには、大事なことの一つだろうと思う。

では、直接的な要因は、何だろう。ここからは私の独断と、やや偏見が混じるかもしれないが、一つは「公立学校の先生の社会的地位が高い」ということがあるように思う。

ずっと福井で仕事をしたいと考えた場合、公務員でもある教員は、なかなか魅力的な職業だ。私が早稲田への進学を決めたと知った近所のおばさんは、がっかりした顔でこう言った。「なんで東京の私立なんかにしたの。福大（福井大学）に行って先生になったら、おばちゃんが婿さん十人は紹介してやるのに……」。ヨメの職業として「先生」は、どうやら最高のようだった。

大ざっぱに言って、優秀な人材が集まるし、地域社会からも尊敬されるのが、学校の先生なのだ。親が先生を尊敬し、信頼していれば、その気持ちは子どもにも伝染するだろう。信頼関係は、教育の基本だ。

それから、福井のような地方の場合、進学の選択肢はそれほど多くない。迷いが少ないぶん、悩みも少ない。親となった立場から考えると、まことにすっきりしていて、わかりやすい。学校の補習が充実しているから、塾選びさえしなくてもすんでしまう。

三年間だけだが、東京で子育てをしていた感触から言うと、選択肢が多いというのは、恵まれているとも言えるが、すごく大変だなあとも思う。私立の学校や、習い事や塾など、情報がこれでもかというぐらいあふれている。子どものためによかれと思えば、無限にさまざまな選択肢が出てくる。それらを検討しているだけで、へとへとになってしまいそうだった。
息子は来年から小学生。今住んでいる仙台は、東京ほど都会ではないが、福井ほど田舎でもない。近所の歩いていける小学校に入る予定だが（この感覚は福井に近い）、塾通いをしている小学生は多い（これは東京的？）。公立の中高一貫校がいくつかできるので、選択肢はほどほどにはありそうだ。できれば悩みのほうも、ほどほどであってほしいなあと思う。

海鳴りに耳を澄ましているような
水仙の花ひらくふるさと

「ささやかなかぜ」と言い張るおさなごと甲板にいる、ささやかな風

息子が三歳だった年末年始は、船の上で過ごした。家でのお正月の準備は大変だし、どこかへ行こうにも子連れの旅は疲れるし、両親も日ごろから育児を手伝ってくれていたのでへろへろだし、けれどお正月らしい気分も味わいたいし……。

そんな状況のなか、「そうだ、家族で船に乗ろう！」とひらめいたのだった。客船には、以前仕事で乗った経験があるだけだったが、「ラクな旅をしたければ、船が一番」という印象が残っている。荷物は、家から船室まで宅配便で送ればオッケー。ホテルごと目的地に行くようなものなので、移動も観光もらくちんだ。そのうえ年末年始などのファミリー向けのクルーズだと、キッズルームにベビーシッターさんがついている。朝から夜まで、いつでも預かってくれるし、食事もさせてくれる。オトナだけのディナーを楽しむなんて、ほんとうに久しぶりのことだった。お正月らしい行事も満載で、お屠蘇《とそ》気分も味わえる。

息子も、初めて乗る船に興味津々だった。「ふねはなぜしずまないの?」なんて聞いてくる。甲板に出ると、海からの風が気持ちいい。南へ南へと向かっているので、日本の寒さがどんどん遠くなる。

「さざやかなかぜだね！　おかあさん」

「ん?　さざやか?　さわやかって言いたいのかな、それともすずやか、かな?」

間違いを正そうと思いつつ聞いてみるが、息子は頑としてゆずらない。

「さわやかじゃない。すずやかじゃない。これは、さざやかなの！」

「そうなの?さざやかねえ」

しかしそう思って風を味わうと、まあなんとなくそんな気がしないでもない。もしかしたら、さざ波のイメージも加わっているのだろうか。以来、船の甲板に吹く風は、我が家では「さざやか」と呼んでいる。

途中、船の窓から、硫黄島が見えた。映画『硫黄島からの手紙』が公開され、評判を呼んだ直後でもあったので、船上からも熱い視線が注がれる。

寄港地は、サイパンとグアムだ。どちらの島も、今は美しい海が魅力のリゾート地として人気を博している。が、ほんの少し時間をさかのぼれば、戦争の歴史がそこには刻まれている。

太平洋はいま太平の洋《うみ》となりカタカナで書くバンザイクリフ

太平洋戦争のときに、多くの日本兵が「天皇陛下、万歳！」と叫び、身を投げたというサイパンの岬。それが今、バンザイクリフという名で呼ばれている。慰霊碑や供養塔が、静かにその悲劇を伝えていた。

しかし目の前は、どこまでも青い海と空である。平和そのものの風景を見ながら、戦争を知らない私が、戦争を知らない息子に、何をどう語ってやればいいのだろうか、と思う。いや、「語る」なんておこがましいし、ほんとうの意味で、それはできないだろう。

けれど、息子が生まれてから、実感として「戦争はいやだ」と思うようになったことは確かだ。一般論で「戦争はいけないこと」と考えるのではなく、皮膚感覚で「あってはならないこと」と感じる。人の命を奪うということに、正当性などあるはずがない。まして正義なんて、と思う。

息子がもう少し成長したら、ともに戦争の歴史を学ぶ、それについて考える、ということができれば、と今は思っている。実際、自分がどれほどのことを知

っているかと問われれば、まことに心もとない。教えられないことは、ともに
学ぶしかない。

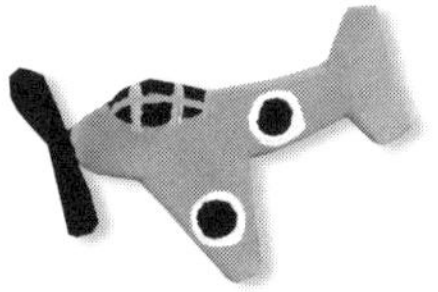

硫黄島、サイパン、グアム
子に語る言葉持たねばひたすらの青

子どもあてのダイレクトメール増えゆきて
今度の春は小学生か

ランドセルといえば、男の子は黒、女の子は赤。牛革かクラリーノか、ぐらいの選択肢しかなかった。そんな時代の小学生だったものだから、カラフルなランドセルのダイレクトメールを見て、びっくりする。塾や通信教育などをすすめる郵便物もくる。

一年生なんて、学校に行ったと思ったら帰ってくるんじゃないの？　勉強らしい勉強なんて、あんまりした記憶がない。ちょっと焦りつつ、自分なりの「入学準備」をしてやりたいなとも思う。

時代が変わったとはいえ、まず学ぶのは、「読み書きそろばん」だろう。つまり、国語と算数。いきなり教室で「授業」として習ったのでは味気ないかも、と思い、日常のなかで少しずつ下地を作ってやることにした。

息子は「書く」のはなぜか苦手意識があって、いやがる。お友だちから手紙をもらってきても、なかなか返事を書こうとしない。

「どうせ幼稚園で会うんだから、そのとき話せばいいよ」などと屁理屈を言う。これを深追いするると、ますます嫌いになりそうなので、ひとまず「書く」はおいておいて、「読む」ほうを楽しむことにした。

「ドラえもん」のおかげで、読むのは、わりと身についている。セリフにルビがついているので、ちょっとした漢字も覚えてしまったようだ。そこで、漢字を読むゲームを始めた。

毎朝、私が新聞を読んでいると、うらやましそうにこっちを見ている。ときには、かまってほしくて邪魔をしてくる。この新聞の一面にある漢字を、息子と拾い読みすることにした。

「このなかで、読める漢字、ある？」

「せんだい！」

いきなり天気図の中の小さい文字を指さした。いま仙台に住んでいるので、これはよく目にする漢字だ。日付のところが、まず親しみやすいので教えてやった。

「これは、げつようびのゲツ、おつきさまのツキとも読むよ〜」

この調子で一週間たつと、七つの漢字が覚えられた。

母がいつも楽しそうに読んでいる新聞。そこにある漢字が読めるというのは、子どもの背伸び心をくすぐったようだ。こうなると「ドラえもん」で覚えた漢字がないか、毎朝目をきらきらさせて新聞の一面を探すようになった。

「本格」を「ほんとう」と読んだり、半分は勘のようだが、それでも結構むずかしいものがたまに読めたりもする。

「ふゆの……ししゃ?」「すごいすごい、あんた天才じゃないの!?」と、朝から親バカが炸裂《さくれつ》。息子も、鼻の穴をふくらませて、まんざらでもなさそうだ。

「そろばん」のほうは、これまたキャラクターものだが、ポケモンのカードゲームやりたさに、簡単な足し算はできるようになっている。最近は、キャラクターものを毛嫌いするお母さんがなぜか多いけれど、どうしたって子どもは大好きだ。その「好き」のエネルギーは半端ではない。ならばエネルギーを活用して、ついでに学習の糧《かて》にさせちゃったほうが得策ではないだろうか。

足し算ゲームは、息子の発言からはじまった。あるときタクシーに乗っていて、料金メーターを指さし、あれは何かと聞いてきた。

「あそこに、運転手さんに払うお金が出てくるんだよ。はじめ乗ったら650円。それでどんどん走ったら、次は80円増えるの。もっともっと走ると、また80円増えるの。たくさん乗ると、お金もたくさん払わないといけないねえ」

知らぬまに脱皮する子か
上履きのサイズ大きくなるたび思う

自慢じゃないが、私は歩くのが大嫌い。スキあらばタクシーに乗ろうとするし、タクシー会社の電話番号は、頭に入っている。なので、息子もしょっちゅうタクシーに乗っており、料金メーターの仕組みを知ってからは、カチャッとあがるまでの間に、足し算を試みるようになった。６５０＋80は、ちょっとむずかしいが、８１０＋80なら簡単だ。次々に正解が表示されるのがおもしろいし、時間制限があるのでドキドキもする。

このごろは６５０＋80＝７３０と、計算力ではなく暗記力で、解答しているようだ。

シャンプーの香《か》をほのぼのとたてながら
微分積分子らは解きおり

掲出の短歌は、以前教師をしていたころのもの。最近、久しぶりに教壇に立つことがあり、懐かしく思い出した。その機会というのは、「教育に新聞を」という活動（ＮＩＥ）の記念大会で、小学三年生に短歌の授業をするというもの。公開授業だったのだが、児童二十四名に対し、見学者が三百人を超すという、ちょっと異様な雰囲気のなか、授業はスタートした。これだけ大勢の大人たちに見られていては萎縮してしまうのではないか……そんな私の心配をよそに、子どもたちは元気いっぱい。一つ質問を投げかけると「ハイハイハイ！」と、みんなが争うように手をあげる。時には、手をあげるのももどかしいというように、ぽんぽん言葉が返ってくる。

「短歌って、知ってる？」「五七五！」「惜しい！」「あ、五七五七七だ」「正解。じゃあ、五七五のほうは何ていうんだっけ？」「俳句！」

何年ぐらい前からあるものだと思う？　一番古いのだと何時代の短歌が、残っていると思う？

この問いかけには、なかなか正解が出なかった。なかには「昭和？」なんていう答えもあり、こちらがびっくり。今の子どもたちにとって、昭和は、そうとう「昔」のようだ。

千三百年以上前からあるということ。一番古い歌集は奈良時代の『万葉集』ということ。そんなに古くからある短歌が、実は今もたくさんの人によって作られていること……などを話しながら、どんな新聞にも、毎週短歌と俳句のコーナーがあることを、実物を見せながら説明した。

「これほど長い歴史があって、これほど短くて、これほど今なお盛んな詩があるっていうのは、世界でも珍しいことなんだよ。いつか外国の友だちができたら、日本が自慢できる文化として、ぜひ短歌を紹介してね」

子どもたちには、事前に「秋を感じるとき」というテーマで、短歌を作ってもらっていたので、後半はそれを教材にした。

現代っ子らしく、作品はハロウィンの歌が一番多い。そして次に多かったのが風の歌だ。そこで、「秋きぬと目にはさやかに見えねども風のおとにぞおどろかれぬる」という古今集の名歌を紹介した。

「風に秋を感じるのって、みんなと同じ気持ちだね。この歌の作者は藤原敏行っていうんだけど、千年以上前の人なんだよ」

そう言ったとたん「もう白骨化してるね」と、合いの手を入れてきた女の子がいた。

「そう！　人は白骨化しちゃうけど、その人が作った歌は、こうやってそのまま残って、千年後のみんなに読まれるんだね。今日の結論が出たなあ。言葉は、白骨化しない！」

そこで、ちょうど時間となり、授業は終わった。子どもたちの活発な発言に支えられて、楽しいひとときだった。

意外だったのは、授業を見学した小中高の先生方が、異口同音に「子どもが勝手にしゃべるのを制しないところがすごい」「私なら、(白骨化だなんて）そういうことは言わないの、で終わらせると思う」「一度も静かにしろと言わなかった」などなど、授業の内容より、子どもへの接し方を話題にされたことだ。

現場の先生は、限られた授業時間で、たくさんのことを教えなくてはならない。たった一回きり、自分の好きな短歌の話をする私とでは、もちろん立場も状況も全然違うだろう。それでも、「ここがよかった」として、子どもの声を聞く態度をあげられた背景には「ほんとうは自分もそうしてやりたい」という気持ちがにじんでいるようで、ちょっと切なくも感じた（たぶん、そんな悠長なことは、なかなかしていられないのだと思う）。

実は私としては、それをことさら心がけたという意識すらなかった。ただ、自分の息子がまもなく小学生になるものだから、今どきの小学生に興味津々という側面があったかもしれない。子どもたちの言葉ひとつひとつが新鮮で、それを聞き逃したくない、という気持ちで受け止めていた。息子だったら、こんなふうにはきはき答えられるだろうか、などと考えながら。

花びらのような足あと
追いかけてゆけば春へと続くこの道

水遊び　水と遊ぶということを盥《たらい》の中で子は続けおり

息子は、幼いころから水遊びが大好きだった。二歳ぐらいのころは、お風呂や盥に十センチほど水を入れてやると、そこにつかっていつまでも遊んでいた。もう少し大きくなってからは、ベランダでの水遊び、夏には家庭用プール（ふんぱつして、かなり大きな外国製品を購入）で、飽きることなく水とたわむれていた。

流れるプールに初めて行ったときには、私はもう一日じゅうつきあわされて、ほとんど生け簀《いす》の魚の気分だった。

そんな息子が、幼稚園のお友だちに誘われて、近くの水泳教室に行ったのが去年の夏。一週間の集中水泳というプログラムだった。

本人は、楽しくてしかたがないという風情だが、プールの上から見ていると、明らかにいろんなことができていない。教室では、ワッペンテストというのをして、レベルに応じた指導がなされる。

予想どおり、息子は一番下のレベルの「カニ」。同い年の男の子たちは、その上の「タコ」もしくはいきなり「クラゲ」というワッペンをもらっている。

こういうの、気にするタイプなのではないかと思い、私はハラハラした。息子は以前、運動会で、徒競走に出るのをいやがって逃げたという前科があるのだ。練習のときに走るのが遅かったものだから、本番でいいところを見せられないと思ったのだろう。そもそも私が、ものすごい運動音痴なので、一番をとるなんてハナから期待していなかった。それよりも、走らずに逃げるという発想にショックを受けた。

水泳も、やる気を失うのではないかと心配したのだが、今回は意外なほどケロッとしている。

「なおとくん、クラゲだって、すごいな〜」などと感心はしているが、自分のカニワッペンも実に嬉しそうに眺めている。水泳に関しては、水に入れる喜びが、ヘンなプライドなど入るすきもないほど大きいようだ。

一週間のプログラムが終わったあと、もっと通いたいと息子は言う。お友だちは、それぞれ予定があるようだったが、息子だけはさらに一週間、水泳教室に通った。そしてワッペンテストの結果は……やはり「カニ」。

それでもいっこうにめげず、今度は冬休みの集中水泳にも参加した。このときも、同じ幼稚園の男の子たちと一緒だったが、レベルの差からグループは別。が、まったく気にする様子はなく、朝起きると「あ〜楽しかった。プールで泳ぐ夢見たんだ！」。水泳教室から帰ると「早く、明日にならないかなあ。明日になって、またプールに入りたい……」とつぶやくほどの熱の入れようだ。

「ヘタの横好き」という言葉があるが、「好きこそものの上手なれ」という言葉もある。冬休みの一週間が終了すると、さすがに、というかやっと、ワッペンは「カニ」の一つ上の「タコ」になった。

こうなるといっそう拍車がかかり、正月明けのプログラムにも参加すると言う。一月四日から、朝八時半のバスに乗るというのは、正直私のほうがつらい。しかし、ここまでやる気になっているのだからと、新年早々の早起きを親子ですることにした。

最初のころは、水に顔をつけるのがやっとだった息子だが、いつのまにか「蹴《け》のび」ができるようになっている。水に浮いて、すいーっと、実に気持ちよさそうだ。

「どうだった？」と聞いてくる息子に、正直に言う。「いやー、すごいね。浮いてるわ、進むわ、潜るわで、お母さん、びっくり」「もう一回言って」「浮い

てるわ、進むわ、潜るわで、お母さん、びっくり」「もう一回言って」「浮いてるわ、進むわ、潜るわで、お母さん、びっくり」

何回言っても、そのたびに嬉しそうな顔をする。ほんとうに好きなことをやっていれば、人と比べてどうとかいうことは、気にならないらしい。徒競走の一件で、息子の性格を決めつけそうになっていた自分を、反省した。

生き生きと蹴のびする子を見ておれば
身ごもりし日々のこと思い出す

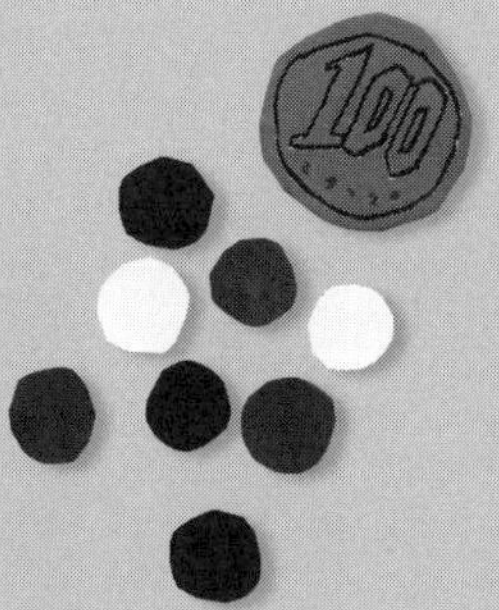

一年生

いちねんせいひみつぶつく

着替えかた教えてやれば「一年生半」になったらやりますと言う

この春から、息子は小学一年生。「小一プロブレム」というような言葉を聞くにつけ、親としては不安が増すばかりだ。

まあ、私の弟なども、じっとしていることが苦手なタイプで、先生からは「ふわりんこ」と呼ばれ（授業中、ふわりんこ〜ふわりんこ〜と席を離れてしまうらしい）、ひどい時には廊下に立たされていた。今だったら、れっきとした「プロブレム」扱いだったかもしれない（弟の名誉のために書き添えておくと、さすがに「ふわりんこ」は低学年でおさまり、勉強もそこそこできるようになり、最終学歴で言えば、姉の私よりもずっと立派なところに落ち着きました）。

先生が「ふわりんこ」なんて可愛らしいあだ名をつけている段階で、のんびりした時代だったのだなあと思う。今は、問題や現象があると「ナントカ症候群」とか「カントカ問題」とかセンセーショナルな名前がつけられ、情報がすばやく行き交う時代。問題が顕在化するよさもある一方、ちょっとした兆候だけでも「すわ、これが今騒がれているあれか」と、過剰に反応してしまう面もあるように思う。そういった問題は、いつの時代にも、多かれ少なかれあったもんだ、というぐらいの気持ちも必要ではないだろうか。

とはいえもちろん、我が息子にも、できれば「ふわりんこ」にはなってほしくない。小学生になるにあたって、学校の説明会で聞いてきたことの中にも、まだまだできないことがあって焦ってしまった。脱いだものをきちんとたたむとか、持ち物の整理整頓とか……。

そんなわけで、あれをしろこれをしろと、いつになく口やかましい母親になってしまった春休み。「二年生になるまでには、できるようにしようね」と私が言うと、小さな声で、息子が答える。

「えっと、あの、一年生半になったら」

「半」というのは、八時半とか一分半とかの「半」で、一年生になったとたんというのは難しいので、せめて一年生と二年生のあいだぐらいまでは待ってくれ、という意味らしい。自信のなさと、ほんの少しのやる気を感じさせる表現に、思わず笑ってしまった。

ちなみに息子が小学生になるにあたって、一つだけ心して準備してやったことがある。それは、息子の行く小学校に通っている近所の男の子たちと、なるべく知り合いになれるようにということだ。

こんなことを親が配慮してやるなんて、自分が子どものころには、考えられなかった。近所の子どもたちは、勝手に群れ、勝手に遊び、約束などしなくても、その辺の空き地に集まったり、互いの家にあがりこんだりしていたものだ。が、今は、かつてのその「あたりまえ」が、ない。幼稚園児の時でさえ、親が連絡をとりあって、段取りを決めて遊ぶというのが普通だった。

近所のお兄ちゃんと友だちになれれば、小学校へ行く気持ちも高まるだろう。幸い、息子には「あこがれのお兄ちゃん」がいた。マンション近くの小さな空き地に集まっては、ポケモンのカードゲームをしているお兄ちゃんたちだ。そのカッコよさに釘《くぎ》づけになり、必死でカードゲームを覚えた。結果として、足し算や漢字を覚えるというオマケがついたが、何よりもよかったのは、お兄ちゃんたちと息子が出会えたことではなかったかと思う。

カードゲームをきっかけに、鬼ごっこなどにも交ぜてもらうようになった。一番面倒見のいいお兄ちゃんからは、ときどき電話がかかってきて、今では家にまで遊びに行っている。

最初のころは、私も必死で覚えたカードゲームを仲立ちにして、息子とお兄ちゃんたちの橋渡し役をしていた。息子では、やはり弱すぎるので、対戦相手としてはつまらない。が、一緒にいるおばちゃん（私のことです）は、けっこう強いし、大人に勝利するのは気分がいい。というわけで、対戦相手として、私はちょっとした人気者（だった、と思う）。その努力のかいあって、息子は「早く小学生になりたい」「お兄ちゃんたちがいるから楽しみ」という気持ちが持てたようだ。

ランドセル体の半分ぐらいある
おまえが上る水無月《みなづき》の坂

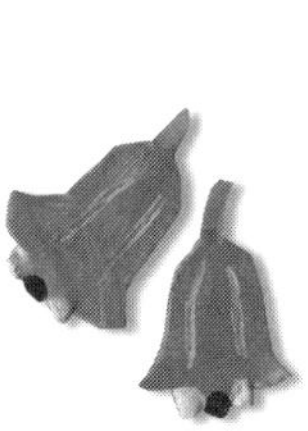

眠りつつ時おり苦い顔をする
そうだ世界は少し苦いぞ

はじまったばかりの息子の小学校生活。なんとか元気に、毎朝家を出ていく様子を見ては、ほっとしている。

小学校の六年間で、一番学んでほしいなと思うことは、大きく言うと「人との関係の結びかた」だ。つまり、友だちをたくさん作って、遊んで、その中でいろんな体験をしてほしい。子ども同士とはいえ、気の合う子もいれば、ケンカしてしまう子もいるだろう。なぜ相手が怒ったかわからないこともあるだろうし、ちょっとしたことで自分が傷つく場面もあるかもしれない。楽しいばかりじゃない（もちろん、楽しいこともうんと経験してほしいが）さまざまな場面で、人と人との関係を、うまく結べるようになっていってほしいなと思う。

私が仕事をしているので、息子は入学前の春休み中から、学童保育にお世話になっている。幼稚園からの友だちは、一人もいない。いきなり新しい環境で、うまくやっていけるかなあと心配もあったが、案ずるより産むがやすし。けっこう楽しそうに通っているようだ。

学童の先生に様子をうかがうと「お友だちが石を集めていたら、一緒に探してあげて、どうぞって渡していましたよ。優しいところのあるお子さんですね」と、嬉《うれ》しいお話。帰宅した息子に、さりげなく「そういうこと、あったの?」と聞くと、「ん～、まあ、そういうふうにすると、仲間に入れてくれるから」とのこと。どうやら優しさというよりは、方便!? というか作戦!? のようである。

先生の感じられたニュアンスとは、いささか違うようだが、それはそれで頼もしいなあとも思う。子どもなりに工夫して「お近づきのしるし」を考えているというわけだ。

朝の登校時は、ポケモンカードを通じて仲良しになった近所のお兄ちゃんと一緒だ。これが、息子にはたまらなく嬉しく、誇らしいことのようらしい。一緒にカードゲームをしながら援護射撃をしてやった母としても、よかったなあと思う。

それにしても、ゆとり教育見直しの流れなのか、入学式の翌日から授業、翌週からは給食もはじまるという慌ただしさだ。学校に提出する書類やら、子どもの持ち物のチェックやら、親のほうもあたふたしてしまう。月曜日には、さっそく名札をつけてやるのを忘れてしまい、「先生に、どうしたのって言われちゃったよ」と息子に文句を言われるていたらく。親のほうも、新学期になじむのは大変だ。

朝は幼稚園よりずっと早いし、放課後は学童保育なものだから、息子のほうも、いささか疲れ気味。帰宅すると「昼寝する〜」などと言って、横になってしまう日もある。

その横顔を見ながら、今日一日、いったいどんな体験をしてきたのだろうと思う。二十四時間態勢だった乳児期には、あまりの大変さに「早く、学校にでも行ってくれ〜」と心の中で叫んだこともあった。が、子どものすべてを把握できていたあの頃が、今ではなんだか懐かしい。

学校といえば、勉強のほうも気にしないといけないのだろうが、とりあえず親の気持ちがそちらまで回っていないというのが現状だ。そのうち宿題やテストなどが日常のものになってきて、気分も変わるのかもしれないが。今のところ、まあ大人になって、漢字が書けないとか、足し算・引き算ができないとかいう人も、そう見かけないし……という考えで呑気《のんき》に構えている。それよりも、友だちと遊ぶこと。そこから学べるものは、たぶん大人になってからでは、学び直せないことが多いのではないかと思う。

昼寝する吾子《あこ》の横顔
いっぽんの植物の蔓《つる》のごとくたどれり

苗床の苗思わせて並びおり
一年一組ちいさな机

先日、初めての授業参観があった。一年生は三クラスで、一クラスは約二十五名。算数の時間には、補助の先生が一人つくという手厚い態勢だ。自分が子どもだった頃に比べると、ずいぶん恵まれているなあと感じる。

高度成長期、大阪近郊の新興住宅地で私は育った。全校児童が二千人以上というマンモス校で、一年生の時には、十二組まであった。子どもの数がどんどん増えて、卒業までに二回、近くに新しい小学校ができて分離した。急ごしらえのプレハブ校舎で過ごした夏は、ことのほか暑かったことを覚えている。クラスには、五十人近くの子どもがびっしりいた。担任の先生は、さぞかし大変だったろうなあと思う。

少子化は社会問題となっているが、教育の現場としては、ひとりひとりに目が行き届く環境が実現されて、このことは親としては好ましく思う。そのうえ広々とした校庭に目をやれば、なんと芝生である。これは、たまたまモデル校に指定されたからだそうだが、まことにぜいたくな環境だ。

さて、算数の授業では、数のかぞえかたを習っているところ。机の上にひろげた絵の中の、チューリップを数えるために、ひとつずつおはじきを載せてゆく。全部のチューリップにおはじきを載せられたら、今度はそのおはじきを並べて数えましょう、ということになる。そうすれば、チューリップの数をもれなく数えることができるというわけだ。

次は、アリの数、その次はテントウムシ……だんだん数が増えてくる。

「さて、ずいぶんおはじきがたくさんになってきましたね。長ーくなると、ちょっと数えにくいと思いませんか？　ここで並べ方の工夫を考えてみましょう。こんなふうに並べると、数えやすいよっていう並べ方はないかな？　一目で、いくつあるか、ぱっとわかる並べ方、考えてみてね」

先生のお話は、丁寧に次の段階に入っていった。

黒板には、六個のおはじきが磁石でくっついている。

「さあ、この六個のおはじき、どんなふうに並べたらいいかな？」

要は、五個の列と一個というふうに並べればいい。もっと数が増えれば、十個のかたまりと、余りで考える。そうすれば一目で数がわかるというのが、授業の目指すところ。が、それを先生がいきなり説明してしまうのではなく、ちゃんと子どもたちに考えさせるところが、いい。モト教員の保護者（先生には煙たい存在かもしれないが）としては、そういうところをチェックしてしまう。「さあ、思いついた人」と言う声と同時に「ハイッ！」「ハイッ！」と元気よく手があがる。

あてられた子どもは、嬉しそうに黒板の前へ行き、六個のおはじきを並べるのだが、なかなか先生の目指す答えは出てこない。何人かの子どものあと、「じゃあ、たわらくん」と息子があてられた。これをモト教員のいやらしい目から見ると「そろそろ思うような答えが出てほしい。そういうときには、ちょっと利発な子どもにあてる」という手法だ。つまり我が子は、ちょっと利発な子どもだと思われているのだわ、うふふと、心の中で親バカを炸裂させ、黒板の前へ進む息子をドキドキしながら見守った。おはじきを、五個と一個に分けるのだぞ〜と念じながら。

足取りも軽く前へ行った息子の手が、おはじきを並べはじめた。なんだかヘンだ。六個のおはじきが、ぐねーっと曲線を描いて……数字の「6」を書いていた。

「こうすれば、ひとめでわかるとおもいます」。参観していた保護者からも、思わず笑いが起こる。
「なるほど〜。そういう方法もあるね……」。先生も、お困りの様子。でも、決して子どもを否定しない姿勢でおられるのが伝わってくる。これは素晴らしいことだ。いっぽう、全然利発じゃない息子はというと、笑いをとったことで、すっかり満足しているようだった。とほほ。

手をあげて答えたがっている声が
欅《けやき》の新芽のように重なる

ついてってやれるのはその入口まで
あとは一人でおやすみ坊や

二十四時間態勢で子どもと一緒にいたときには、「眠り」の時間だけが、自分と息子を隔てていた。それが、だんだん手がかからなくなり、「ついてってやれるのはその入口まで」という場面が、このごろは増えてきたなあと感じる。

小学校に入ったばかりのころは、校門の近くまで送っていったものだった。が、それでも「ついてってやれるのは入口まで」で、学校生活のことは、はりついて見ているわけにはいかない（できることなら透明人間になって、ずっと様子を見てみたいものだと、今でも思うことがある）。

放課後の学童保育や、野外活動の教室なども、みな入口までである。いったいどんな時間を、子どもは過ごしているのか。こちらは聞きたくて知りたくて、うずうずしているのだが、あまり前のめりになってしまうと、かえって子どもは話してくれないようだ。

帰宅するなり「どうだった？　どうだった？　どうだった？」と質問攻めに

すると、「うん、まあ、ふつう」とか「楽しかったよ」ぐらいで終わってしまい、あとは何を聞いても面倒そうな感じになってしまう。

だんだんこちらもコツをつかんできて、お風呂に入りながらとか、眠りにつく前のひとときなど、ゆったりした気分のときに、息子が「そういえばさあ、こんなことがあって」と話しだしてくれるのを待つようになった。

「今日ね、T君がね、授業中にハイって手をあげたの」

「ああ、あの元気のいい男の子ね」

「うん、それでね、先生、トイレに行っていいですかって聞いてね、トイレに行った！」

なんてことない話のようだが、子どもたちのあいだでは、これがけっこう武勇伝になっているらしい。勇気あるなあというわけだ。

先日は、お風呂に入りながら「あのね、今日砂場でね、大変なことがあったんだ」と、ある「事件」のことを話してくれた。

学童保育で仲良しのYくん。そのお兄ちゃんが、お小遣いでもらった百円玉を見せてくれたのが、発端だ。お兄ちゃんは三年生で、ちょっと兄貴分的な存在。一年生たちはみな「百円玉」を前に、尊敬と羨望《せんぼう》のまなざしを向けた。

得意になったお兄ちゃんは、ある遊びを思いついたという。その輝く百円玉を砂場のどこかに隠して、みんなで探す「宝探しごっこ」。ごっことはいえ、ホンモノの百円を探すわけだから、ものすごく盛り上がったらしい。

みんなで夢中になり、何回もその遊びを繰り返した。ところが、「途中でね、ほんとうにどこに埋めたか、わからなくなっちゃってね、もうみんなでわあわあ探したんだけど、どうしても見つからなかったの」。

そのときの、お兄ちゃんのショックたるや、想像にかたくない。「なんかね、ちょっと泣いてるみたいだった……」

一年生の前では「よし、明日も続きをやるぞ。明日こそ見つけようぜ」と気丈に（？）振る舞っていたらしいが。

こういう話を聞くと、自分が小学生だったころのことを懐かしく思い出す。大人からすれば、他愛《たわい》のないことかもしれないが、自分たちにとっては、充分に大事件だった数々のできごとが、確かにある。たとえば麦わら帽子のへこみにさえ、意味があった日々。

さまざまな事件や遊びのなかで、仲間と相談したり、解決したりしなくてはならないことにぶつかって、たぶんそのたびに、子どもなりに成長していくのだろう。

息子はまだ、小学生になったばかり。これからも、たくさんの「事件」に遭遇して、鍛えられて、柔軟な心を培っていってくれたらなあと思う。

思い出の一つのようで
そのままにしておく麦わら帽子のへこみ

落書きがアートしている秋の午後
工事現場の時間を止めて

学童保育を終えた息子を迎えに行くのが、このごろ楽しみだ。大人の足なら十五分ぐらいの距離なのだが、息子と二人だと三十分、いやもっとかかることも珍しくない。足が遅いのではなく、足が止まっている時間が長いので、そういうことになる。

最初のうちは「んもう、なんでこんなにかかるのかなあ」とイライラしていたけれど、ある時から考えを変えた。そのきっかけは、雨だった。

ざあざあ降りだったものだから、私としては一刻も早く家にたどりつきたい。が、息子は道路脇で足をとめて、動こうとしない。

「雨の日は、車の音が、かっこいいんだよねえ」

そう言って、うっとりと目をつぶっている。ざあーっ、ざざざざあーっ……。

確かに、乾いた道路を行くのとは違い、雨をはじきながら通る車の音には、迫力がある。

とはいえ、子どもって、これだけのことを、こんなに楽しめるんだなあと妙に感心してしまった。一緒になって耳を澄ましていると、車の大きさやスピードによって、いろいろと変化することにも気づく。

ざざあーっ、ざっざざざあーっ……。

「あっトラックだ。今度のはすごいかも」なんて目を輝かせている息子を見ていて、ふと思った。これって、自分が作っている短歌にとっても、大事な感性ではないか、と。

なんでもない雨の音。それに感じる耳と心。そういうところが、詩というものの出発点であるはずだ。

以来、「早く、早く」という言葉は飲み込んで、息子と道草を楽しむようになった。アリの巣の前で、工事現場の落書きの前で、金網の破れ目で、雑草の群れる空き地で……。

子どもと同じ目の高さで見る世界は、限りなく豊かに広がっている。

子どもがまっすぐに世界と向き合う目は、身近な友人たちにも向けられる。息子が、せっせと書きためている「いちねんせいひみつぶっく」なるノートには、同じ学校に通う一年生たちの秘密（？）が、たっぷり記されていて、まことに興味深い。

表紙に「みるな」とあるので、一応聞いてみると「お母さんは見てもいいよ」とのこと。その顔には「見て見て見て」と書いてあった。

「〇〇〇のひみつ　あらしのだいふぁん」といった可愛らしいものから、「〇〇のひみつ　すぐせんせいをあてにする」「〇〇〇のひみつ　ときどきおにいちゃんにあまえている」「〇〇〇のひみつ　ちからはつよいがよういはおそい」など、けっこう観察しているなあと思われるものまで、内容はさまざま。

「〇〇〇のひみつ　さっかーがだいすきで、にっしたちにも、ふつうになまえをよばれている」というのが、よくわからなかったので聞いてみると、こういうことだった。

「にっし」というのは、上級生で一番サッカーが得意な男の子。みんなの憧れの存在らしい。その彼から「普通に名前を呼ばれている」というのは、一年生としては大変名誉なことで、まあ秘密でもなんでもないけれど、特筆せずにはいられなかったらしい。息子はサッカーが大好きだが、まだまだ上級生の仲間に入れてもらえるほどではないようだ。

こんな話を聞いていると、子どもなりに社会があって、日々いろんなできごとに遭遇しているのだなあと思わせられる。自分が中心の家庭とは違って、そこでは思い通りにならないことも、たくさんあるだろう。それが、いい。
なかには、こんな秘密もある。「○○ときょうりょくして、○○にらぶれたあをわたした」。えっ、もうそんなことを!? おかあさんが初めてラブレター書いたの、四年生ぐらいだったなあ。

「いちねんせいひみつぶっく」の表紙には
「みるな」とありぬ見てほしそうに

火の匂い子は嗅《か》ぎいたり
マンションのオール電化の部屋に育ちて

仙台の秋の風物詩のひとつに「芋煮会」がある。里芋をはじめ、さまざまな野菜を使い、仙台味噌で味つけをした豚汁風のものを、野外で調理して食べる。去年の秋、息子と私は初めて、この「芋煮会」に参加した。

はつ秋の広瀬川原を見下ろせば芋煮のようだ芋煮するひと

こんな歌を思わず詠《よ》んでしまうほど、盛んに行われている。ノリとしては、春の花見の感覚なのだが、桜のように時期が限られているわけではなく、なんとなく秋じゅう、あっちでもこっちでもやっているという雰囲気だ。

息子は、鍋よりも、鍋の下で燃えている火に興味津々だった。子どもって、本能的に火に惹《ひ》かれるものなのだろうか。そういえばまだ一歳にならないころ、ろうそくの火を見て、固まっていたっけ。

ろうそくの炎初めて見せやれば「ほう」と原始の声をあげたり

風が吹いて、時折ぼわっと火勢が強くなったりすると「おおっ」と体をのけぞらせる息子。よく飽きないなあというぐらい、眺めていた。我が家はオール電化で、台所に火がないものだから、よけい新鮮なのかもしれない。

ワイルドな匂いにも、鼻をくんくんさせていた。はじめは、鍋から漂う味噌の香りに反応しているのかと思ったら、そうではなく「火」そのものの匂いが、気に入ったらしい。

こういう姿を見ていると、毎度思うことなのだが、子どもの感じる心というのは見事だ。こんなささやかなことに、これほど反応できるのだから、人工的な強い刺激など必要ないよなあ、と思う。それなのに現代は、人工的で強い刺激が、子どもの周りにあふれている。

ゲームやパソコンを、どういうタイミングで、どういうふうに与えるか。あるいは与えないのか。今の親が、みな頭を悩ませることの一つだろう。

私がパソコンの前で仕事をすることが多いものだから、当然息子はやりたがる。もう、いつの間に？　とこちらが驚くほど、見よう見まねで操作を覚えてしまった。ポケモンのサイトにアクセスして、ゲームを楽しむぐらいは朝飯前だ。

炎を眺め、火の匂いをいつまでも嗅いでいられる子どもに、こんな刺激の強いものは必要ない、というのが私の基本的な考えではある。が、今の時代、まったくゲームやパソコンと無縁に子どもが過ごすことは、かなり難しい。

そこで考えたのが「こういうものは、おやつだよ」という諭しかただ。「ゲームやパソコンやテレビは楽しいけど、そればっかりじゃあダメだよ。おやつが美味しいからって、おやつしか食べなかったら、体は大きくならないし、病気になってしまうの。それと同じで、ときどき楽しむのはいいけど、そればっかりにはならないようにしようね」というわけだ。

今のところ、このたとえは息子にもよくわかるらしく、チョコレートの数を決めるように、テレビやゲームの時間も、私の制限に従っている。漫画も、「漫画を一冊読んだら、字の本も一冊読む」という約束にした。百かゼロかではなく、バランスをとる、という方向だ。

ゲームをやっていれば子どもはおとなしいし、親だって楽といえば楽だ。が、それでは心の栄養失調になってしまう。いっぽう「禁止」ということになると、過剰な飢餓感が育ってしまいそうで、これはこれで怖い。小学生のころ、家で甘いものをまったく与えられていない友だちが、調理実習でこぼれた砂糖を、はいつくばって舐《な》めていたことを思い出す。禁止の反動で、かえってある時期にゲームにのめりこんでしまう子どももいると聞く。ほどほどの免疫をつけながら、欲望をコントロールできるようになってくれたら、と願いつつ、親のほうでも手探りを続けている。

ゲーム、パソコン、テレビ、ダメとは言わないがおやつのようなものと教える

課題図書手にとらぬ子が繰り返し読んでいるなり『どろんここぶた』

最近、インタビューなどでよく聞かれることの一つに「子どもに上手な作文を書かせるには、どうしたらいいですか?」というのがある。私自身は文章を生業《なりわい》としている者だが、これはなかなか難しい質問だ。というより「簡単にスラスラ書けるような方法があったら、私のほうが教えてほしい!」というのが本音かもしれない。

小学校に入学して、はじめに一番手こずったのが、夏休みの宿題としては定番の「読書感想文」だった。本を読んで、思ったことを書けばいいんだよ、と言って原稿用紙を渡しても、「なにをかけばいいのか、わからないよ~」と子どもはただただ困惑している。息子が選んだのは、課題図書ではなく、日ごろ愛読している『どろんここぶた』という一冊。

「感想文っていうのは、その本を読んでいない人に、どういうところがおもしろかったか、どういうところがよかったかを、教えてあげるものだよ」という説明をするところから始まった。

「読んだことのない人には、まず、どんなお話かを教えてあげなきゃね」と、はじめの一歩として、あらすじを書くようにしむける。

一行目「どろんここぶたは、どろんこがだいすきなこぶたです。」。二行目「あるひ、おばさんが、ぶたごやのどろんこを、そうじきですいとってしまいました。」。

このままいくと、ただの要約になってしまいそうだ。そこで、ちょっと質問を。

「たくみん（息子の愛称）は、どろんこ好き？」

「うん、大好き！　あ〜でも、田植えのときのどろんこは、いやだったなぁ」

「どうして？」

「なまあたたかくて、きもちわるかったから」

よっしゃ。それだそれ。内容を紹介しながら、ときどき自分の気持ちや考えを入れていくんだよ。というわけで、一行目と二行目のあいだに「ぼくと泥」についての文章を入れることにした。

手間暇かかる方法かもしれないが、はじめのうちはこうして張りついて、実践を繰り返していくしかないのかなあと思う。

子どもの作文の審査などを頼まれることもあるのだが、正直言って、これはかなり骨の折れる仕事だ。ことに「書かされている」感じが背景にある作文は、読むほうも「読まされている」感が強くなり、あまり楽しくない。

そんななか、珍しいほど心躍る作文コンテストがあった。地元仙台の「楽天イーグルス　夏休み観戦作文コンクール」。小学生が、野球の試合を見た感想を書き、優秀な作品には、選手との写真撮影や試合にご招待などの豪華プレゼントが用意されているというコンクールだ。

野球が好きな子どもが、テレビではなく、実際に球場で見た野球について書く。喜びと興奮にあふれた作文は、こちらまで弾んだ気持ちにさせてくれた。

球場の大きさに驚いたり、ひどい野次に心を痛めたり、体格が小さくてもがんばる選手に励まされたり、子どもなりのまっすぐな視線が、印象に残る。エースの岩隈投手が、三塁と本塁を結ぶラインを決して踏まないなど、細かな観察をしたものもあった。なかには、夏休みの宿題は全然できていないけど、楽天の作文だったら、まだまだいくらでも書けます！　なんていう正直なものもあって、思わず笑いを誘われる。

たぶん学校の先生の指導などは入っていないこれらの作文の、なんと生き生きしていることか。身近な大人たちも、宿題などではないぶん、気楽に書かせているのだろう。

とはいえ、一行目から会話体や擬音で始まるような技巧的なうまさのあるものも多い。豪華プレゼントを目指して、子どもなりに演出しているのだなと思わせられる。

つまり、書きたくてしかたがないことがある、というのが、いい作文が生まれる第一条件なのだろう。伝えたいことがあれば、「どうしたらうまく伝えられるか」ということにも、おのずと興味が湧く。

書き方の指導とともに、書きたいと思うような体験をさせてやることも大事だなと、コンクールの審査をして思ったことだった。

楽天の帽子をかぶり子がゆけば声かけられる定禅寺通り

プラモデル買いに行くとき
元気よく誰彼となく挨拶をする

目下の息子のブームは「ミニ四駆」である。児童公園で同級生のお兄ちゃんが貸してくれたことがきっかけで、すっかり夢中になってしまい、「欲しい、欲しい」が止まらない。そのお兄ちゃんが教えてくれたプラモデル店が、我が家から歩いて十分もかからないところにあるので、とりあえず偵察（？）に出かけることにした。

天気のいい土曜日の朝、息子と二人、歩きはじめる。私自身、そういう店に行くのは初めてのことなので、ちょっと緊張する。が、こちらの心の内などおかまいなしに、息子のテンションは上がりっぱなしだ。「まだ買うって決めたわけじゃないからね」とたしなめても上の空。そしてその勢いで、会う人、会う人に「こんにちは〜！」と大きな声であいさつをする。

満面の笑みで言うものだから、「あれ？ どこかで会ったことのある子どもかな？」と一瞬怪訝《けげん》そうにする人もいる。が、みなさん、おおむねニコニコと

「はい、こんにちは」と応えてくださる。

「こんにちは〜！」「こんにちは」

ただそれだけのことなのだが、言葉は、弾んだ気持ちをも伝染させる効果があるらしい。明るい表情ですれ違っていく大人たちを見るのは、私にとっても心躍りすることだった。

こういうとき、子どもってすごいなあと思う。見知らぬ人に、突然あいさつをして、なんだかウキウキした気分を伝えてしまうのだから。大人だと、こうはいかないだろう。

なかには立ち止まって「いい子だねえ。ぼうや、大人になったら、お父さん、お母さんに優しくしてあげてね」なんて話しかけてくれるおばあさんもいた。

「お父さんは、いません！」。これまた元気よく言うものだから、先方がうろたえてしまい、逆に申し訳ない。我が家は、明るい母子家庭なのだ。「じゃあ、お父さんのぶんまで、お母さんに優しくね」。たとえば、気軽にそんなふうに言ってもらえる世の中になるといいなあと思ったりしながら、歩みを進める。


さて、初めて足を踏み入れたプラモデル専門店。薄暗い店内には、ところ狭しと天井まで箱が積みあげられ、意外なほど多くの大人が、それらを品定めしていた。人はいるのだが、どことなく、ひっそりとした雰囲気で、年配のご主人がカウンターの中にいる風情は、古本屋さんを彷彿《ほうふつ》とさせる。ただ一つ違うのは、客がほぼ百パーセント男性ということである。

女性である私は、子どもの付き添いであることを、ことさらアピールしつつ、店主に尋ねた。

「あの、ミニ四駆って、どのへんに置いてありますか？　小学一年生でも、作れるかしら」

「坊主、模型を作るのは、はじめてかな？」

それまでの勢いはどこへやら、妙に気後れして私の後ろに隠れるようにしていた息子は、「あ、はい、はじめてです……」とつぶやくように返事をしている。

「だったら、まず、これでやってごらん」

そう言って勧められたのは、特売の黄色いシールが貼られたミニ四駆。モーター付きで五百円しない値段だった。他のを見ると、千円以上するものも結構ある。たぶん、古い型なのだろう。それでも息子は大満足して、帰宅後、さっそく取り組みはじめた。

説明を見ながら、部品をはずしたり、ねじをはめたり……頭も使えば、手も使う。プラモデルって、男の子の手芸みたいなものかな、などと思いつつ、私も手助けしてやりながら、なんとか完成させた。

「ブォーッ!」。走らせてみると、すごいスピードで、迫力満点だ。思わず二人で手を取り合って、「やったあ」。緑色の車体なので、息子は「グリーンダッシュ」という名前を付けて、しばらくは一緒に寝るほど大事にしていた。

その後、誕生日に、叔母さんからもう少し立派なのを買ってもらい、今度は自力で組み立てに成功していた。

それにしても、息子がいなかったら、一生入ることはなかっただろうな。近所のそのプラモデル店の前を通るたびに、ちょっと不思議な気持ちになる。

古書店にどこか似ており
プラモデル専門店に箱は積まれて

危ないことしていないかと子を見れば危ないことしかしておらぬなり

息子が三歳になるかならないかのころ、テレビの「おかあさんといっしょ」で「やるきまんまんマンとウーマン」という歌が「今月の歌」として毎日流れていた。この歌を初めて聴いたときの息子の反応は、今でもよく覚えている。「かっこいい！　こういう歌が、欲しかったんだよ！」と叫び、食い入るように画面を見ていた。歌は、いわゆるヒーロー戦隊もの風のノリで、歌のおにいさんとおねえさんが、途中で正義の味方に変身する。やる気をなくさせる「あきらめせいじん」や「なきべそかいじゅう」をやっつけて、元気よくがんばるといった内容だ。

そして、歌が終わると必ず「なかみは？　なかみが見たい！」とも言っていた。当時、ボウケンジャーというヒーロー戦隊ものにハマっていたので、これは主題歌で、この後にはストーリーが展開する「なかみ」があると思ったようだ。

このあたりを出発点として、とにかく「たたかい」が大好きになった。一歳年下のいとことよく遊ぶのだが、加減のできない「たたかいごっこ」をするものだから、しょっちゅうケンカになっていた。

道ばたに棒があれば拾う、拾えば振り回す……男の子って、なんでこうなんだろうと、不思議さを通りこして、なんだか可笑《おか》しくなってしまう。人形遊びにしても、ブロック遊びにしても、結局は、何かと何かを戦わせているという感じである。

「ホルモンなのよ。男性ホルモン」と、あるとき男の子を持つママ友が言った。「もうね、なんだか戦いたくなるように、できているらしいわ」

そういうものなのか。だが、だんだん体も大きくなり、動きが活発になってくると、危険度にも拍車がかかってくる。公園に迎えに行って、その様子を見て、ぞっとすることも少なくない。

息子は、小さいときからブランコが好きなのだが、小学生になってからというもの、その乗り方が、半端なく危ないものになってきた。二人乗りしながら戦ってみたり、腹ばいで飛行機みたいに乗ってみたり、足を空中ブランコのようにかけようとしたり。顔から落ちるのだの、すりむくだのは、しょっちゅうのこと。ついに、どうやって落下したのか、背骨の上の肉がえぐれるようなケガをしてきた。

あまりなんでも頭ごなしに「危ないから禁止」とは言いたくないと思って「気をつけなさいよ」と言う程度で我慢していたが、さすがにこれ以上は危ないと思い、「ブランコに乗るときは、ちゃんとロープを握って普通の乗り方で乗る」と約束させた。背中のケガがよほどこたえたらしく、いつもよりは神妙にしていたが、痛い目をみてからでは遅いこともあるので、心配の種はつきない。

このごろでは自分でも「危ないのが、おもしろいんだよ」「男は、そういうのが好きなんだよ」などと開き直った言い方をすることもある。「ホルモンかあ」と、またかつての友人の言葉を思い出した。でも案外、この「ホルモン」という考え方は、悪くないかもしれない。

女親からすると、「もうホント、バカなんだから」と思ってしまうようなことも、「ホルモンのなせるわざなのだ」と考えれば、ある程度寛大な気持ちで受けとめられるような気がする。あらがいがたい何かに突き動かされているのだとしたら、本人ばかりを責めることはできない。むしろ、そのホルモンと、どうやってつきあっていくか、その知恵を探らねば、という気持ちになる。

そういえば、以前アグネス・チャンさんが、思春期の男の子に対して「反抗的な気持ちになるとしたら、それはホルモンのせい」と教えることによって乗りきった、というお話をされていた。我が家はまだ低学年だが、近い将来、そういうホルモンも現れるのだ。覚悟しなくては。

前世は海草なのかと思うまで
プールが好きでブランコが好き

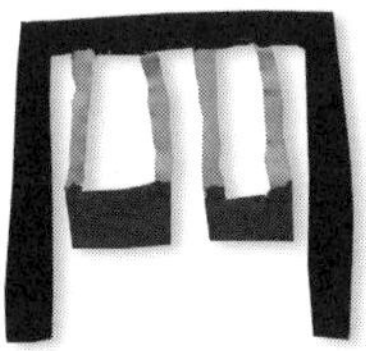

Xに交わる二つの放物線
「ダブルしっこ」を子らは楽しむ

息子には、一歳年下のいとこがいる。愛称は「りんクン」。横浜に住む私の弟の長男だ。赤ちゃんのころから、よく行き来して遊び、年に三回ぐらいは旅行も一緒にしてきた。一人っ子の息子にとっては、りんクンは「弟分」といった存在になっている。

加減のわからない「たたかいごっこ」で、よるとさわるとケンカになってい た時期もあったが、七歳と六歳になったころからは、ほんとうに仲良しの兄弟のようだ。昨年の夏休みには一か月近く、今年の冬休みも一週間あまり、りんクンは一人で仙台に遊びに来ていた。弟のところに第二子が生まれ、いろいろ大変そうだったので、りんクンを預からせてもらったのだ。

私が一番愛読している育児書『子どもへのまなざし』(佐々木正美著・福音館書店)に、次のような一節がある。「子どもは、子ども同士で遊ぶなかで、社会性を育ててゆく。たとえば出かけるなら、家族だけで行くのでなく、近所や親戚の子連れ家族を誘ったほうがいい。それがむずかしければ、子どもだけでもお借りするのです……」

我が家は一人っ子なので、この「子どもをお借りしてでも」という発想が、特に印象に残っていた。正直、甥っ子の面倒をみるのは大変ではあるけれど、男の子二人、本当に朝から晩までよく遊び、生き生きとした時間を過ごしているのを見ると、「これだね!」と思い、疲れも吹き飛ぶようだった。

一歳下のりんクンが、ゆっくりゆっくり話すことを「へえ、そうなんだ。ふーん」と、根気よく聞いてやる息子。漫画を読みすぎて、息子が私に漫画を隠されたことを知ると、「オレの漫画もかくして!」と私に頼みにくるりんクン(どうやら、漫画を隠されて一人前、と思ったらしい)。息子は兄貴分でいられることが、そしてりんクンは弟分でいられることが(ふだんは「お兄ちゃんでしょ」と言われることが多いので)とても心地いい様子だ。

こちらの家族に慣れているとはいえ、りんクンはまだ幼稚園の年長さんだ。寂しく思うこともあっただろう。さすがに、私の弟が仙台に迎えに来たときには、ものすごくはしゃいで、子犬のようにまとわりついていた。

「ねえねえ、うちのとうちゃんはね、なんにも買ってくれないんだよ!　たくみん（息子の愛称）、ポケモンのカード買ってて、言ってみて！　絶対買ってくれないから！」

弟は、家をスッキリさせておきたいタイプで、散らかるオモチャは好まない。原則として、オモチャを買うのは母親のほうらしく、りんクンにとっては、我が弟は「なんにも買ってくれないとうちゃん」なのだ。

が、そのことを、ものすごく嬉しそうに、たくみんに紹介している彼の表情を見ていたら、なんだか涙が出そうになってしまった。

つまり、大げさに言えば、「愛はお金ではない」ということを、幼心にもちゃんとわかっているのだ。なんにも買ってくれないとうちゃんだけど、迎えに来てくれて、オレはこんなに嬉しいんだ、ということを、りんクンは全身で表現している。

仙台には、私の両親、すなわちりんクンのおじいちゃん、おばあちゃんもいるので、こちらにいるときは、けっこうなんでも買ってもらってしまっている。それはそれで、ある意味パラダイスなのだが（そして、そんなことも、たまにはあってもいいんじゃないかと私は思うのだが）、親への気持ちというのはそんな目先のことで変わるものではない。

なんにも買わないとうちゃんとして、こんなに子どもに好かれている我が弟、なかなかやるな、と思った瞬間だった。
そして、そもそもとうちゃんのいない我が家では、弟が来ると、息子も大喜びだ。肩車をしたり、時には逆さづりにしたり、投げ飛ばしたり……。ふだんはなかなか味わえない荒っぽさを、弟も意識してくれているのだろう。息子が心から楽しんでいる様子を見ると、これまた胸が熱くなる。

軽々と肩車されはしゃぐ子よ
それが男の人の背《せい》だよ

新しいノートにぐいと横棒をひけば 漢字の「一」あらわれる

漫画本の表紙にある「尻」という漢字を見つめて、息子が言った。これは「なにダレ?・」。いま彼は、漢字の部首に取り憑《つ》かれている。とにかく漢字を見ると、部首が何なのか、気になってしかたがない様子だ。

恥ずかしながら、「尸」が、何という部首なのか、私も知らなかった。「がんだれ」や「やまいだれ」と同じ位置にあるので、「なにダレ?・」と聞いたのだろう。「う〜ん、ごめん、おかあさんも知らないわ。でもそういえば、『屁』も、同じ仲間だなあ」

そう言うと、目を輝かせ「げひんダレ?・」ときた。そういえば、「尿」なんていうのもある。が、まさか「下品だれ」なんていう部首があるとも思えず、漢和辞典で調べてみると、正解は「しかばね」だった。これはこれで、なかなか怖い名前だ。

小学生になって漢字を習うようになった息子に、私が心がけてやったのは

「芋づる式」ということだった。一年生で学習するのは八十字と決まっているが、これ、どういう基準で選ばれているのだろう。学習誌の付録だったポスターを壁に貼って眺めているのだが、「なんとなく簡単な漢字」という感じしか伝わってこない。一年生は、初歩中の初歩、ということかもしれないが、学年があがるにつれて、ますますその基準がよくわからなくなる。

そこで我が家では、学年のことにはとらわれず、習ってきた漢字に関連して覚えやすいものは、どんどん教えることにした。

「木」を習ってきたら、その日のうちに「林」と「森」。この三字は、すべて一年生の配当漢字だが、並べて覚えたほうが絶対に楽しい。ついでに「木に関係のある漢字はね、左側に木がくっついていることが多いよ」。

そして、たとえば「木に古いがつくと……木が古くなるってどういうことかな？　……答えは枯れる！　でした」。他にも「杉」「松」「枝」「板」など、片っぱしから書いて見せてやれば興味津々。もちろん、いっぺんに読み書きができるようにはならないが、「漢字って、そういうふうにできているんだ」と感じることが、おもしろい。

「木」の流れで、息子に一番ウケたのは「困る」だった。「ここに木があるでしょ。で、それを囲ってしまうの。どう？　正解は、こまる！　でした。ほら、この木、困ってるよねえ」。これはもう本当に可笑《おか》しかったらしく、ぐふぐふ笑っていた。以来、ときどき思い出しては「こまる……えへへ、こまる……」と口に出してはニヤニヤしている。

こうなったからにはと、ついでに「囚」も教えてしまった。「これはねえ、つかまって自由がない人。刑務所とかに入ってる人だよ」

一年生では「草」と「花」を習う。この二つが並べば、やはり草かんむりで広げたい。「草みたいなのが、上にあるでしょ。かんむりかぶっているみたいだから、上にあるのはかんむりって言うの。だからこれは、草かんむり」

息子は田植え経験者なので、まずは「苗」だ。「田んぼに、草みたいなの植えたでしょ、あれ何ていった？」「なえ！」。「田」はすでに習っているので、これはすぐにも書ける。続いて「草が古〜くなったやつ、口に入れたら、どうかな？……苦いってこう書くんだよ」。

すべての漢字が、うまく説明できるわけではないけれど、わかりやすいものをピックアップしてやると、子どもは心底感心し、感動する。こうやって芋づる式に教えていると、漢字を仲間分けする手段である部首のことも、自然とわかってくる。そこで、「すごいもの、お母さん持ってるよ」と、もったいつけて、漢和辞典を見せてやった。ページを開けば、漢字の大行進。

「どう？　これはね、意味じゃなくて、漢字の見た目で仲間分けしてある辞書なの」

身をよじって欲しがるので、子ども用の漢和辞典を一緒に買いに行った。このごろは「やまいだれ」のところを見ては怖がり、「おんなへん」のところを見てはニヤニヤする、ややませた小学生である。

木が困る　古くなったら木が枯れる
漢字の国の漢字の話

読み聞かせボランティーアのおばちゃんとして戸を開ける　一年二組

息子の小学校で、昨年から読み聞かせをしている。主に児童のお母さんたちが中心のボランティアだ。月に一度、二人一組となって、各学年の教室に絵本を持って読みにいく。

ひざを抱えて座る子どもたちに、至近距離で読むというのは、最初は少し緊張した。が、彼らが熱心に聞きいってくれるので、まことに深い充実感がある。ママ友たちは異口同音に「病みつきになるよね」と言い、私も、まったく同感だ。最近では、図書館に行けば絵本コーナーで時間を費やし、ネットの読み聞かせのサイトなどをチェックしている自分がいる。

つくづく思うのは、絵本の嫌いな子どもは、ほぼいないということだ。こんなにも絵本の世界を楽しめる子どもたちが、いつから本離れしてしまうのだろう。もったいないなあと思う。

ゲームやテレビにパソコンと、子どもたちを誘惑するものがあまりに多い現代。決して本は嫌いじゃないのに、なんとなく遠ざかり、そのうち読むのがおっくうになる……という道筋は、容易に想像できる。

ただ、そういった状況のなか、なすがままというのは、身近な大人の「手抜き」ではないだろうか。絵本を手にして教室へ出向けば、子どもたちは目を輝かせて待っていてくれるのだから。

テレビやゲームなど、最近は目から情報を得ることが圧倒的に多い。ゆえに現代人は耳が弱っているという指摘も聞く。テレビの字幕など、ちょっとどうかと思うほど親切に出てくるのも、そういうことの表れだろう。お話を耳から聞いて想像の羽を広げるという経験は、子どもたちにとって、とても大切なことになっている。

読み聞かせのあと、学校の一室に集まって、その日の様子を、あれこれ報告しあうのだが、この時間がまた、とても楽しい。

『雪の写真家ベントレー』[*1]という実在した写真家を絵本にしたものを読んだお母さんは、こんな話を披露してくれた。

「その写真家の雪の写真集を子どもたちに見せたら、わあ、同じものが一つもないね、人間といっしょだねって言う子がいて、はっとさせられました」

その話を聞いて、私はさっそくベントレーの絵本を息子と読んでみた。内容は、とても地味で、もしかしたら退屈なのでは？　と危惧《きぐ》してしまうほど。が、予想に反して、何度もせがまれることになった。雪が好きで好きで、一生雪の写真を撮りつづけた人が「ほんとうにいた」というのが、息子の心を深くとらえたようだ。雪の写真集も購入し、親子で見入る日々が続いた。これは収穫だった。絵本の選び方というのは、好みなどもあるし、自分の目だけだと、どうしても偏ってしまう。お母さんたちとの報告会は、情報交換の場にもなっているというわけだ。

自分の子どもがいるクラスに行くかどうかは自由なのだが、我が家の場合、息子はとても来てほしがる。「今日は、来るの？」「残念、一年三組でした」などと言うと、とてもがっかりする。ところが、六年生のお母さんたちによると「読み聞かせで学校に来るのはいいけれど、頼むからオレのクラスにだけは来てくれるな」と言われるのだそうだ。自分の母親が、そういうことをしにくるというのが、とてつもなく恥ずかしいらしい。思春期の入口らしい反応だなあと思う。

人によって選ぶ本はさまざまだが、私はわりと笑える絵本を読むことが多い。小学生といえども、なかなかハードな毎日を送っている子どもたちである。朝のひととき、わっはっはと声を出して笑うのもいいのでは、と思うからだ。なかでもナンセンス絵本の『ぶたのたね』[*2]は、私の得意な一冊。何度も読んで場数を踏んでいるうちに、文章が頭に入り、子どもの反応も予想でき、気分はもう紙芝居屋のおじさんだ。教室が笑いで包まれると、実に気分がいい。

が、これも行き過ぎは、要注意。読み聞かせの主役は、あくまで絵本だ。「今日の本、おもしろかったね」と言われれば成功。決して「今日のおばちゃん、おもしろかったね」と言われないようにしましょう……と『読み聞かせハンドブック』には書いてある（ドキッ）。

＊1『雪の写真家 ベントレー』（ジャクリーン・ブリッグズ・マーティン／作　BL出版）
＊2『ぶたのたね』（佐々木マキ／作　絵本館）

ぶたの木にぶたの実がなる『ぶたのたね』
子の心にもぶたの実がなる

集まりて遊びのルール決めるとき
遊びではない子らのまなざし

学校で鬼ごっこが流行っているらしい。私に似て足の遅い息子は「缶蹴りのほうが好きなんだけどなあ」と、ちょっぴり憂鬱《ゆううつ》そうだ。

あるとき「今日から、新ルールができた！」と帰宅するなり言った。なんだか嬉しそうだ。新ルールとは「同じ人ばかり続けて狙うのはナシ」というもの。その経緯は、おおむね次のようなことらしい。

息子の次に足の遅いKくん。鬼になると必ず息子を狙ってタッチする。そのパターンがえんえん続き、なんだか鬼ごっこが盛り上がらなくなってきた。しっかり者の女子Mちゃんが「Kくんが、たくみん（息子の愛称）にタッチするの禁止！」と言い出したが、それはルールとして特殊すぎるということで、みんなで相談した結果「同じ人ばかり続けて狙うのはナシ」ということに落ち着いたという。

小学生も、なかなかやるではないか、と思った。自分たちの状況に合わせて、ルールを変えて、よりよい社会を作っていく姿勢……とまで言ったら大げさかもしれないが、こういうことの積み重ねのなかで、学んでいくことはとても多いだろう。公平とは何か、弱いものの負担を軽くすることはできないか、みんなが納得できる落としどころはどこか。集団の遊びのなかで、子どもたちは考え、社会性を身につけていく。

はじめに提案をした女子について、息子は「でもさ、Mちゃんは『たくみんがかわいそう！』とか言って、オレの心配している場合じゃないんだよ。だって俺と同じくらい遅いんだから」と笑う。「あら、遅いからこそ、あなたの気持ちが、他の子よりも先にわかったんじゃないの？」と言うと、ハッとして、しばらく考えこんでいる様子。

いい機会だと思い、さらに「弱いっていうのも悪いことばかりじゃないね。弱い人の気持ちが、よくわかるんだから」と言ってやると、深く頷《うなず》いていた。

子ども同士の話し合いから生まれた新ルールというと、もうひとつ、最近こんなことがあった。

足は遅いが、カードゲームは結構強い我が息子。ライバル心を燃やして、しょっちゅうやって来るのがAくんだ。時間のあるときは、私も一緒になって、トランプやウノを楽しむ。大人なりの配慮や手加減を加えるので、二人は勝ったり負けたり、時には連帯して私をやっつけたり、まあまあ平和に（?）カードの時間は流れてゆく。

が、息子とAくんが一対一で対決すると、どちらも負けず嫌いなものだから、ムードがすごく悪くなる。ある日、ついに悔しさのあまり、Aくんが泣きだすという事態にまでなってしまった。これから習い事というので迎えにきたお母さんに、引き渡すときのバツの悪さといったらない。

これに懲《こ》りた私が、「二人で遊ぶときは、何か他のことをしたら?」とアドバイスをするも、翌日また、二人はウノを始めてしまった。どうなることかと思いながら隣室で仕事をしていたのだが、予想に反して、実に楽しそうな笑い声が聞こえてくる。

「わ〜また勝っちゃった、ちぇっ」「やった！　負けたからラクだなあ」「あははは」

どういうことかというと、今日から「ゲームに勝ったほうがカードを配る（という面倒な役をする）」ということにしたのだそうだ。なるほど。それで「勝っちゃった、ちぇっ」となるわけだ。

昨日のような気まずい別れかたを、二人ともしたくないと考えたのだろう。

相談して決めたという新ルールのおかげで、勝負に熱くなりながらも、ゲーム後は軽口をたたきあいながらの和やかな雰囲気だ。

ケンカになるから他のことを……と言った自分を反省した。それでは問題を避けているだけで、根本的な解決にはならない。二人の新ルールに、心のなかで大きな拍手を送った。

サンドウィッチの名前の由来話しつつ子どもに配るトランプカード

二年生　石垣島へ

さとうきび畑の鬼ごっこ

子どもらは　ふいに現れくつろいで「おばちゃんカルピスちょうだい」と言う

余震と原発が落ち着くまでと思い、息子と二人、春休みを沖縄の石垣島で過ごした。友人が去年から移住していて「いつでも遊びにいらしてね。海の見える部屋に泊まってください」と言ってくれていたのを思い出し、しばらく居候させてもらった。こんな形で再会するとは思わなかったが、友人夫婦は快く受け入れてくれ、その滞在中にわれわれ親子は、すっかり石垣が気に入ってしまった。

そしてまさかの展開だが、そのまま新学期を迎え、息子は今、現地の小学校に通っている。理由を聞かれれば、「余震と原発が、まだ完全には安心できない」という消極的理由が半分と、「島の環境に魅せられて」という積極的理由が半分、といったところだろうか。

友人夫婦に子どもはいないが、近所の子どもたちが、しょっちゅうやって来る。そこで出会った子どもたちと息子は、今や毎日のように遊んでいる。特に約束をするということもなく、なんとなくそのへんを行き来しているうちに、子ども同士が遊び始めるというこの感じ。私が小学生のころは、こうだったなあと懐かしく思う。学校に行きはじめてからは、仲のよさにも拍車がかかり、友だちの家でごはんを食べさせてもらったり、そのまま泊まってしまったり。私は車が運転できないのだが、何か催しや祭りがあると、誰かが必ず声をかけてくれ、息子のことも連れていってくれる。地域の大人全員で子どもたちを見守っている雰囲気が、古きよき昭和を感じさせる土地柄だ。

以前住んでいた東京でも仙台でも、友だちはたくさんいたし、地域社会もきちんと機能していたはずだが、いったい何が違うのだろう、と考えてみた。それはたぶん「子どもの忙しさ」だ。ほとんどの子どもが、かけもちで習い事をしていたし、ゲームや都会的な楽しみ（映画、イベントｅｔｃ.）にも時間をとられていた。子ども同士が遊ぶときには、事前に親が携帯で連絡を取り合うのが普通だった。こちらでは、ゲーム機を持っている子は見当たらないし、習い事をしている子も少ない。沖縄でも都市部はまた事情が違うのだろうが、とにかく子どもたちがヒマで、よく遊んでいる。

では、ヒマな子どもたちは何をして遊んでいるか。ほとんどが自然相手に時を過ごしている。さとうきび畑で鬼ごっこをしているところなどを見ると、まるで映画のワンシーンのようだ。

「楽しそうね」と言うと「もうね、足がちくちくして、めっちゃ痛いんだから！　ま、それがおもしろいんだけどね」と息子は笑う。

私たち親子が仮住まいしているマンションの目の前が海で、そこでは時々刺し網漁が行われる。漁師さんは仕事でやっておられるのだが、子どもたちが逃げ遅れた魚を捕るのはオッケーだ。中学生ともなるとモリで魚を見事に突いてみせる男の子もいる。はじめは、おっかなびっくりだった息子も、足で踏みつけて魚を捕ったときには、満面の笑みだった。家の前で捕ったガザミ（蟹の一種）を茹《ゆ》でて食べる日が、自分の人生に訪れるとは、思ってもみなかった。

子どもの数が多くないので（全校児童で二十名弱だ）、必然的に異なる年齢の子どもとも遊ぶことになる。「にいにい」（年上の男の子）に教えてもらった方法で、ヤドカリを貝殻から追い出す遊びにも、息子は夢中になった。が、あんまりたくさん出していると、にいにいは、さりげなく諭す。

「自分が、どうしても欲しい貝のときだけにしとけよ」

やめろ、とは言わず、でも加減をしろよという、とてもうまい言い方だなあと、そばにいた私は感心した。

食べられる草、かぶれる草、おいしい魚、危険な虫、珍しい鳥、牛のあつかい……子どもたちは、ほんとうによく知っている。自然のなかで群れて、日が暮れるまで遊びほうける姿は「ザ・子ども」という感じで、見ていて気持ちがいい。真っ黒に日焼けした息子は、心なしか体つきもたくましくなったようだ。七歳の夏。この暮らしから大切なことを体感してくれたら、と思う。

さとうきび畑を走る鬼ごっこ
さわさわと風ちくちくと足

ホテルから子が持ち帰りしコースター
葡萄の染みに少し汚れて

「かわいい子には旅をさせよ」という諺《ことわざ》があるが、一人旅をする前に、家族で旅行をすることも、子どもが成長するよい機会になる。初めての景色に感動したり、珍しい食べ物に驚いたり、異文化に触れることも醍醐味だが、「人としてのマナー」を教えられるチャンスが、旅には多いように思う。

初めてホテルに泊まったとき、息子は「毎日そうじしてくれるんだね！　シーツもとりかえてくれるんだね」と、はしゃいでいた。洗面所で歯を磨いたり顔を洗うとき、息子は盛大にばしゃばしゃやって、あたりに泡や水滴を飛ばすタイプだ。家と同じようにやっているのを気にした私が、タオルでふき取っているると「ここでは、やらなくていいんじゃない？　おそうじの人が来るんだから」と涼しい顔で言う。

「それは、だめ。ここまで汚かったら、おそうじの人だって、いやな気持ちになると思うよ」と、強くたしなめた。

部屋を出るときも、ざっくりベッドまわりを片づけたり、寝間着をたたむぐらいはして、息子に見せている。もっとも、私の母に言わせれば「あなたは、甘い。洗面所のふき取りも、ベッドの片づけも、子どもにやらせなさい」ということになるのだが……。

最近は、連泊の場合は「シーツ交換不要」のサインを出しておくことも多い。「なんで?」と聞かれれば、環境の話をすることができる。

この夏の旅行での一つの収穫は「夜ごはんのときにテレビを見ない」という習慣を取り戻せたことだった。見せてはいけないと思いつつ、ついついという状態が一学期のあいだ続いてしまった。二年生になって宿題が増え、帰宅も遅いので、夕方のテレビを見てから食事では、どうも効率が悪い、というのが私の言い訳だったのだが。夏の二週間ほどの旅行のあいだ、レストランや宿では、テレビなしの夕飯が(当然のことながら)続いた。「なんだ、見なくても平気じゃん!」と親子で納得。旅は、日常の悪習をリセットできる機会でもある。

旅は、人との出会いでもある。東日本大震災の直後に、私は息子と二人で沖縄へ避難した。仙台空港は閉鎖されていたので、陸路でなんとか山形まで行き、そこから飛行機を乗り継ぐという行程だ。空港は西を目指す人たちで騒然としていた。キャンセル待ちの人であふれ、売店の食べ物は、きれいさっぱり売り切れていた。お金さえ持っていればなんとかなると思っていたのだが、甘かった。そのときの情けない一首。

空腹をうったえる子と手をつなぐ百円あれどおにぎりあらず

そのとき息子が「あ、ゆでたまごだ！　ゆでたまご買って！」と近くに座っているおじさんを指差した。確かに、おいしそうに食べておられる。おずおずと「あのう、それはどこに売っていましたか？」と尋ねると、家から持ってきたものとのこと。意気消沈して息子に告げていると、ふいにそのおじさんが、カバンから新しいゆでたまごを「ぼうず、食うか？」と取り出してくれた。「ありがとう！」。小さなラップにくるんだ塩までつけてもらい、むしゃむしゃと、恥ずかしくなるほどの勢いで食べる息子。その様子を、おじさんはニコニコして見つめてくれていた。状況を考えれば、彼にとっても貴重な食べ物だったはずだ。心からありがたかった。

子どもにとっても印象深いできごとだったらしく、それからしばらくは「オレ、大きくなったら、ゆでたまごやさんになろうかな」とまで言っていた。よほどおいしかったのだろう。そのおいしさも大事だが、将来、おなかをすかせている子どもがそばにいたら、食べ物を分けてあげられるような、そんな大人になってほしい。そう言うと、「もちろん!」と力強い言葉が返ってきた。

不安を抱えて西へ西へと向かう旅は、決して楽しいものではなかったけれど、空港でのこのできごとは、思い出すたびに心が熱くなる。

行きずりの人に貰いしゆでたまご
子よ忘れるなそのゆでたまご

2Bの短き鉛筆にぎりしめ子が綴りゆく今日のできごと

最近、少しずつではあるけれど、息子の作文の力がついてきたように感じる。学校の宿題で、毎日日記を書かされているので、たぶんそのおかげだろう。

作文というと、まず何を書かねばならないか、それを考えるのがおっくうだ。が、日記なら、とりあえずその日にあったことを思い浮かべればいい。これは、一日の反省にもなる。しかも息子のクラスの先生は、「運動会の練習」「けんばんハーモニカ」「給食について」など、毎日テーマまで示してくれる。その日、一番書くことがありそうなことがテーマになるので、子どももすんなり書き始められるようだ。

それでも最初のうちは、「どう書いたらいいか、わかんない」と、よくノートを持ってやってきた。そういうときは、テーマについてしばらく一緒に話をする。「けんばんハーモニカって、むずかしい?」「今、どんな曲をひいているの?」「クラスでは、誰が上手?」などなど。そのうち、楽しそうに話したことを「あっそれ、いいんじゃない?」とうながすという作戦だ。

よく「思ったとおりに、自由に書きなさい」というアドバイスを聞くが、それができれば誰も苦労はしない、とモノカキの私でさえ思う。思い出すのは、丸谷才一さんの『文章読本』の一節だ。そこには「ちょっと気取って書け」とあった。

これはつまり、読む人がいるということを意識して、一人よがりでなく、多少のサービス精神を持ち、楽しんで書こうという意味だと、私は解釈している。その第一歩として、息子にはこう言った。

「今から、世界で一番ヘタな日記のお話をします。その日記のはじめには『きょう、ぼくは』と書いてあるよ。日記っていうのは、今日、ぼくに起こったことを書くもんでしょ。だから、それは、いらないの」

その日から「きょう、ぼくは」禁止令を出した。そして、それだけで、日記は、かなりかっこよくなった。本人にもそれはわかったようで、まんざらでもない顔をしている。

「ちょっと気取って書く」のアドバイス、たとえば文末を意識させるというのも一つだ。

小学生にありがちなように、息子の日記も「……しました。……しました。……でした。」と、「た」で終わる文章のオンパレード。これは日本語の宿命でもあるのだが、古典の時代と違って、過去の助動詞が「た」しかないということに起因している。日記や作文は、過去に起こったことを書くわけだから、いきおい「た」が増えるのはしかたがない。

が、それが続くと単調な印象を与えてしまう。わざと「た」を強調して、ある日の息子の日記を読んでやったら、「うわあ」と頭を抱えていた。なんとかしたいという思いが芽生えればしめたもの。どうすれば「た」を減らせるか。名詞でとめたり、ときには現在形を使ったり、会話を入れるのも、かっこいい。ほんのちょっと手を加えるだけで、ずいぶんと変わるものなのだ。

気取って書くコツをいくつか習得してくると、逆にかたちにとらわれず、自分の思いを作文に流し入れられるようになってくる。「どんな二年生になりたいですか」という、ややむずかしいテーマが出た日。息子が書いた文章は、以下のとおり（うまくなったといっても、この程度です。あしからず）。

「ぼくのりそうの二年生は、虫のちしきがあって、せいかくがいい二年生です。虫のちしきがあると、いろんな虫とふれあえるからです。せいかくがいいと、みんなから虫のちしきを、教えてもらえるからです。」

結局、虫なのね〜と、苦笑しながら、つっこみを入れたくなる内容だ。が、ある意味、息子の「今」をとてもよく表しているとも言える。つまり、寝ても覚めても、頭のなかは虫でいっぱいなのだ。

後半は、大人としては「せいかくがいいと、友だちがたくさんできるからです」というような展開を期待したいところ。が、それでは、常識的というか、まとまってはいても魅力的な作文とは言えないだろう。最後まで「虫」で通したことは、あっぱれではないだろうか。

親バカかなとも思いつつ、私はそこのところを思いきりほめてやった。

自然から子は学びおり
虫の声、虫の性質、虫のとりかた

一億総中流となり中流の我ら貧富の誤差にこだわる

インドへは五回旅をした。それぞれが一週間から二週間ほどの短い滞在ではあったけれど、インドで感じたり考えたりしたことは、今でも時おり自分を見つめ直すきっかけになってくれる。

「一億総中流……」の短歌は、まさに実感だった。インドのお金持ちのリッチさ（お城のような家に住み、アマングループのホテルに一か月滞在したりする）と、インドの恵まれない人の貧しさ（路上生活者は全然珍しくない）を目の当たりにして、自分の知っていたものは、貧富の「誤差」に過ぎないと思った。私たちは、同じマンションに住みながら、隣の家の車の種類や海外旅行の回数なんかを互いに気にしているのだから、かわいらしいものだ。

とはいえ、日本にずっといると、この「誤差」に振り回されることも多い。子どもを育てるようになって、またあらためてそう感じている。

息子の幼稚園を選ぶとき、私はかなりあれこれ迷った。今になって考えると、見学した幼稚園、どこに行っても、それなりによかったのではないかと思う。が、渦中にあったときは、とてもそんな気になれず、結局は引っ越しまでしてしまったのだ。この引っ越し自体は、とてもよかったし、息子がお世話になった幼稚園にも満足している。

が、これからは、学校選びなどでいっそう迷う場面も出てくることだろう。そんなときは、あまり細かい情報に振り回されず、「まあ結局は誤差」というぐらいの大らかな気持ちも必要かもしれない。

インドでは、「学校に行ける」ということ自体が、子どもにも親にも、大変な喜びだった。現地の小学校にも何回か足を運んだが、子どもの目はもう、素晴らしく輝いていた。学用品や設備的な面では、はるかに日本のほうが恵まれている。が、「学ぶことへの飢え」みたいなものが教室に満ち満ちていて、胸が熱くなった。子どもが勉強できるだけでありがたいという気持ち、日本では持ちにくいかもしれないけれど、原点はそこだということを、時おりは思い出したい。

カルカッタのマザー・テレサの孤児院に行ったときのことも、忘れがたい。施設の女性が、生後まもない赤ちゃんを抱いて見せてくれた。

「この子は、数日前にゴミ箱から見つかったんです」と言う。

「まあ、かわいそうに」と思わず言うと、きっぱりたしなめられた。

「かわいそうっていう目で大人が見ると、子どもは自分のことをかわいそうなんだって思って、どんどんかわいそうになっていくんです。この子は、幸せですよ。数日前にくらべたら、今は天国。ミルクをもらって、ベッドに眠れるんですから」

大人がそういう目で見ると、子ども自身もそう思って、ますますそうなってゆく……というのは、大事な考えかただと思った。実際、子育てのあらゆる場面で気をつけたいなと感じている。

我が家は母子家庭だが、「お父さんがいなくて、かわいそうだ」というふうには息子を見ないように心がけてきた。「お父さんがいないんだから、こんなこともしてやろう、あんなこともしてやろう」と考えるほうが前向きだ。

もし私が「おまえはお父さんがいなくて、かわいそうだから」という態度だったら、子ども自身も「そうか、ぼくはかわいそうなんだ」と思ってしまうだろう。そして本当にかわいそうな子どもになってしまう。これが、インドのあの女性が教えてくれたことだ。

さらに、周りからも、気遣われないようにしたい。息子が幼いころ「明日ご一緒するときに、ウチは夫も行きますが、かまいませんか?」というような気遣いを受けたことがあり、驚いた。悪気はないけど、その人からは「かわいそう光線」が、しっかり出ていた。

そのときは「ぜひ、よろしく! 大人の男の人と接する機会が少ないので、息子とも遊んでください」と答え、以来、そのスタンスだ。近所で、お父さんが子連れで遊びに行くようなときは、なるべく声をかけてもらうように頼んでいる。

人懐っこい息子は、何人ものお父さんの世話になり、そういうつきあいを続けていくなかで、周囲の人の「かわいそう」という視線は、どんどん薄くなっていった。

スコールの後の緑よそしてまた そのように育ちゆく子どもたち

「ツイッターはじめました」と書いてみる冷やし中華のチラシのように

ツイッターを始めたのは、去年の二月だった。友人が楽しんでいるのを見て、軽い気持ちで始めたのだが、これがなかなかおもしろい。１４０文字が短いという人もいるけれど、私はふだん三十一文字なので、これでも充分だ。短い言葉で、そのときそのときの思いをとらえて表現するという意味では、短歌とも相通じるところがある。

肉声を知らない人のつぶやきを目で読んでいる冬の片隅

という短歌を、私はツイッターのプロフィールのところに載せている。実際、ツイッターで読むのは、肉声を聞いたことのない人のほうが多いのだが、それでも不思議な連帯感がある。

特に、子育て中という人たちとは、何かと話が合う。息子の日常の、ちょっとしたことをつぶやくと、すぐにさまざまな人から反応が返ってくるのが嬉しい。

「今日は授業参観だったので、ちょっといい服を着せてやった。学校に着くなり、廊下を生き生きと匍匐《ほふく》前進する息子を発見。ちょっといい服は、ちょっといい雑巾になっていた」

「昨晩、筆箱の鉛筆を念入りに削って、得意げに見せてくれた息子。いま見たら、全部机の上にのっている。彼は何をしに学校へ行ったのだろう」

こんなふうにつぶやくと、「ウチもウチも」といった共感や「俵さんちでさえ、そうなんだからと安心しました」といった感想が、ダイレクトに寄せられる。とほほな経験も、みんなで笑いあうと、なんだかまあいいやと思えてくる。

育児の敵は孤独。そして育児に必要なのは、笑顔。こまぎれの時間しか持てない母親には、ツイッターでつながりあえることは、小さな心の支えになるのではないだろうか。もちろん、生身のママ友の存在は大きい。が、せっかく便利な時代に生きているのだから、これはこれで楽しく活用したいなと思う。

パソコンや携帯電話という道具は、最新の技術だけれど、それらを使ってツイッター上で行われていることは、とても素朴な口コミだ。

誰かが言葉を発する。共感した人がリツイート（自分の書き込みを読んでくれる人たちに、気に入った書き込みをそのまま伝える機能）する。それがさらに共感を呼べば、言葉は次々と広がってゆく。

もちろん言葉の中には、デマや悪質なものもあるし、何を信頼するか、個人の判断に委ねられているところが危険でもある。「情報」ということに関しては、まだ発展途上の部分があるかもしれない。が、「共感」ということに限っていえば、これほど速く、多くの人と共感を分かちあえるメディアは、かつてなかったのではないだろうか。

ツイッターを始めて、ネット上のママ友がほんとうに増えた。私は今、息子と一緒に「きいやま商店」というバンドにハマっていて、CDを聴いたりライブに行ったりしているのだが、その「きいやま商店」のファンで子育て中というママとは、しょっちゅう情報交換やツイッター上でのおしゃべりを楽しんでいる。

「子ども連れだと、夜遅いライブはキツイよねえ」「そうそう！」

自分一人で思っていたら、単なる愚痴になってしまうことも、共感しあう人がいると、気持ちがスッキリする。

息子が九九をなかなか覚えられないでいたときも「なぜ、きいやま商店の複雑な歌詞は完璧なのに、九九がダメなんだろう」とつぶやくと「ウチもです！『ポケモン言えるかな』は完璧なのに」とか「いっそ、きいやま商店に九九の歌を作ってもらいましょう」などのコメントがきて、明るい気持ちになれた。

ちなみに、最近多くのママ友から「笑顔になった」と言われた私のツイートは、こんな感じです。

「与えられた言葉を使って文章を作る問題。たぶん正解は『じてんにしおりをはさむ』。息子『じてんしゃにおしりをはさむ』ちょっと痛そうだ」

リツイート我もするなり
ツイッターは言葉のバケツリレーと思う

子は眠るカンムリワシを見たことを今日一日の勲章として

今、息子と私が住んでいる地域は石垣島の北西部で、自然環境は最高だが、いかんせん市街地からは遠く不便なところだ。習い事となると、わざわざ車で送り迎えしなくてはならないので、たまに空手を習っている子どもがいるくらい。学習塾などにはほとんど行っていない。学校も、わりとのんびりした雰囲気で、私としてはそこも気に入っているのだが、もう少し学習面をなんとかしようという動きが、保護者や地域の人から出はじめている。

そのひとつとして「カンムリワシプロジェクト」という事業が、市の教育委員会の助成を受けて、去年から始まった。カンムリワシは、この近隣で見かけることのできる鳥で、国の特別天然記念物にも指定されている。子どもたちは、カンムリワシを見つけると何かいいことがあると信じていて、その雄々しい姿は、なかなかの迫力だ。

カンムリワシの名前を冠したそのプロジェクトは、まず日ごろの家庭学習をサポートするところからスタートした。放課後、月、水、金と公民館に集まって、子どもが宿題や復習をするのを、地域の大人たちがみてやる。元新聞記者だった人や、教員免許を持っている人など、探せばそれなりに人材はいるもので、勉強をみてやれる大人たちが交代で監督をつとめている。

正直、「小学二年生の宿題くらい、家でささっとすむのになあ」と思いつつ、軽い気持ちで息子を通わせたのだが、これが意外なほど効果があった。ひとつは、同じ学年の他の子どもと、いい意味での競争をする。漢検の勉強や九九など、がぜん張り切ってやるようになった。お互い家でやっていては、そういう気持ちは芽生えないだろう。そして、いつもとは違う環境で、親以外の人の目で、学習の態度を見てもらえるのも、いい。気心の知れた人なら「俵さん、ちょっとTくん（息子）、全然落ち着きないよ。人にちょっかいばかり出してる」など、率直に教えてくれる。「ぜひ、厳しく言ってやって」と頼めば、「まかしといて」。おかげで随分、集中する習慣がついてきた。大人のほうからは「先生の苦労がわかるわ」といった声も聞かれる。

やがて勉強だけでなく、総合学習的な活動にも範囲は広がっていった。夏休み、学校に泊まる行事があったときには、星に詳しい近所のおじさんが、子どもたちを連れて星の観察会。このとき、日ごろはおとなしい男の子が、急に饒《じょう》舌《ぜっ》になってびっくりした。彼は星に興味があるらしい。

かつてレストランを経営していたおばさんは、道端に生えている「長命草」を使っての、うどん作りを指導してくれた。娘さんがジャマイカに勤務していたという家庭からのアイデアで、子どもたちは今、ジャマイカの小学生と交流している。お互いの住む地域の特徴を絵に描いて製作したカレンダーの交換や、ネットを通じての写真のやりとり。そこから芽生えた興味を広げて、ジャマイカ料理の講習会やジャマイカ音楽を楽しむ会なども開かれた。豊年祭という地元のお祭りのときには、そのいわれを老人に聞く活動も、カンムリワシプロジェクトでサポート。私も一役買いたいと思い、読み聞かせや、短い詩を書く指導をしたりしている。

こういう活動をそばで見ていて感じるのは、地域には、さまざまな人材がいるということ。そして案外、声をかければ、子どもたちのために、何かしてやりたいと思っている人が多いということだ。

以前私の住んでいた仙台でも、お母さんたちが中心になって読み聞かせの活動を立ち上げた。その前に住んでいた東京では、学童保育の人から講演を依頼され、その折に活動内容を聞いて、あまりの充実ぶりに驚いた記憶がある。都心でありながらメダカとりにまで連れていってもらえると知って、息子もここで世話になりたいなと思ったものだ。

地域によって、状況はさまざまだろうが、子どもをみんなで育てるという感覚は、これからいっそう必要になってくるように思う。ほうっておいても地域が子どもを支えていた時代ではなくなったからこそ、大人が意識して関わっていきたい。息子が地域のプロジェクトの世話になって、その思いはいっそう強くなった。

口数のふいに増えたり
四年生男子「星座」の話になれば

マングローブかき分けてゆくカヤックは
カリブの海賊よりも海賊

東京や仙台に住んでいたころは、都会の刺激が日常の中にあった。映画、買い物、コンサート、美術展、スポーツ観戦ｅｔｃ。そして、たまの休みに、お金をかけて自然を楽しみに出かけた。海で泳いだり、山でスキーをしたり。沖縄、しかも石垣島に暮らす今は、それがまったく逆転している。自然は日常そのもので、たまの休みにお金をかけて、都会の刺激を求めにいく。たとえば映画も、那覇まで飛行機に乗らないと観ることができない。

大人、特に私のようなインドア派の人間には、かなり不便だが、子どもにとっては「自然が日常の中にある」というのは、ぜいたくな環境だ。男の子たちは、当たり前のように釣竿を持ち、夏ともなれば滝壺で泳いでいる。

先日、息子が作文で入賞し、その副賞が「カヤック体験」だった。さすが、石垣島である。親子でどうぞということだったので、アウトドアとは無縁の私も、一緒についていった。

両岸にマングローブが生い茂る川を、息子と二人乗りのカヤックで進む。一見、スムーズに進めそうなところでも、川底に大きな木の根っこがあってぶつかってしまったり、ふいに狭くなっているところがあったりして、なかなかスリリングだ。

ディズニーランドの「カリブの海賊」というアトラクションを、ふと思い出した。が、予想のつかなさや危なさ、そして楽しさは比べものにならない。親子で力を合わせ、知恵を出しあい、必死で漕ぎつづけるワクワク感と達成感。そしてそんな二人を、風と緑と、そして時おり跳ね上がる魚が見守ってくれていた。

案内をしてくれたエコツアーの人に、「俵さんて、方向音痴?」と言われて、少しびっくり。はい、そのとおりです。カヤックの進行のしかたを見ていると、そんなこともわかるらしい。

マングローブは、海水と淡水の混ざる場所でも生きていける植物だ。カヤック体験の途中で、案内の人が海水をペットボトルに入れた。

「これで、あるものを作って、昼食のメニューに加えようと思うんだけど、わかるかな?」

体験には、もう一組の親子も参加していたが、手はあがらない。「大人が答えてもいいですか？」と了解を得て、私が答える。

「ゆし豆腐！」「正解！」

海水にはニガリが含まれている。豆乳に混ぜるとその成分の働きで、うまく固まるのだ。沖縄ではそれを「ゆし豆腐」と呼んでいる。実は昔、雑誌の取材で、それを作るところを見たことがある。できあがりは、ほわほわと優しい固まりかたで「豆腐の赤ちゃん」という感じだった。

昼食は、そのゆし豆腐と、月桃《げっとう》の葉で包んで蒸した鶏肉おこわと、紅《べに》イモで作る焼き芋。なかなかバランスがとれている。ゆし豆腐作りと、月桃の葉を集める作業は、子どもがする。月桃は、香り高い葉っぱで、こちらではお餅を包んで蒸したりすることも多い。紅イモは、沖縄独特の紫色をしたイモだ。

月桃のそばに、大きな木があって、シークワーサーが鈴なりになっている。ライムよりは小ぶりの柑橘類で、泡盛やオリオンビールに搾って飲むと、とてもおいしい。

私の視線を察知したのか、その庭の持ち主でもある案内の人が「どうぞ、いくらでも採っていってください」と勧めてくれた。聞けば、植えて数年間はまったく実がならなかったのだが、奥さんの出産のときの胎盤（！）を木の根元に埋めたら、その年からわんさと実がなるようになったという。

「やっぱり胎盤て栄養あるんだね〜」と、こともなげに言うが、なかなかワイルドな話だ。

カヤックだけでへとへと（へろへろ？）だったが、午後は午後で近くの沢登りをし、川の水で淹れた紅茶を楽しんだ。息子は、生まれて初めてヒルに血を吸われて、半泣きで大騒ぎ。自然は楽しいばかりではないということを学んで、一日が終わった。

海水で固めてつくるゆし豆腐
海のしょっぱさすなわち甘さ

三年生

オレが見ているほうが前

人の子を呼び捨てにしてかわいがる島の緑に注ぐスコール

全校児童十三名の小さな小学校に、息子は通っている。どの子とも、兄弟姉妹のような感じで、一人っ子の我が家にとっては嬉しい環境だ。

地域社会も、昭和な雰囲気。遊びに行って、もし行儀が悪かったら、その家の大人が厳しく叱ってくれるし、海に行くときなどは、気軽に「俵さんちも行く？　子どもだけでも預かるよ」と声がかかる。車もない、そのうえ母子家庭の当方としては、ほんとうに涙が出るほどありがたいことである。

都市生活が長かった私などは、「人の子を預かる」ということに、はじめは慣れなかった。もし何か事故にでもあったらどうしようという思いが先にたってしまう。が、息子があちこちで世話になり、地域ぐるみで子どもを見守る雰囲気にだんだん馴染んでくると「まあ、ケガをするときは、親がいてもいなくてもするもんだ」くらいの大らかな気持ちになってきた。

印象深かったのは、A君がB君にケガをさせてしまったときのB君のお母さんの言葉。泣きそうになってあやまるA君のお母さんに対して「そうなんだよね。こういうとき、やっちゃった親のほうが辛い。聞いたとき、ケガさせたほうでなくてよかったって、私、思ったもん。男の子同士遊んでたら、こういうことはあるから。もう気にしないで」。

日ごろの信頼関係が、親同士で築かれていなかったら、とても言えない言葉だなあと思った。互いの子どもの性質なども、よくわかっているから「ケンカの内容」も察しがつくのだ。B君のお母さんからも、きっちり叱られて、A君はとても深く反省しているようだった。

息子も、近所の豪快なお父さんに連れられて自転車で四十キロ(!)走らされ、胸をすりむき血だらけになって帰ってきたことがある。さすがにぎょっとしたが応急処置はしてくれていた。むしろ、出発前に自転車の整備を念入りにして、私の不備を指摘してくれたことに感謝しなくては、と思う。

遠出や外遊びには連れていってやれないが、我が家は最近「宿泊所」として人気を博している。私が仕事で、どうしても東京に行かなくてはならないときなど、近所の家に息子を泊めてもらうのだが、そのお返しのような気持ちで、我が家にも子どもたちを招待したのが、きっかけだった。

小学校児童の家では、唯一のマンション暮らしだ。まずエレベーターが珍しい。フローリングの床や、ベッドで寝るのも、なんだか楽しいみたい。洋風な感じに子どもたちが憧れているのがわかったので、晩ごはんもラタトゥイユとか、カマンベールチーズのフォンデュとか、手作りのヨーグルトとか、ちょっとこじゃれたものを用意する。

そして、リゾート地のマンションゆえ、我が家の風呂からは海が見え、不可解なほど広い(掃除することを考えると、面積は半分でいいとさえ思われる)。これが、子どもには大人気で、息子と友だちがいったん風呂に入ると、一時間は軽く遊んでいる。スーパーボールを弾ませたり、風呂に潜って息をとめっこしたり……。

同じ四年生でも、息子と平気でお風呂に入る女子もいれば、絶対に私とでなくてはイヤという女子もいる。小五男子が、着替えるときに「鍵をかけて」と言ったときには、いつまで息子と一緒にお風呂に入れるんだろうと、ふと考えてしまった。まだまだ無邪気な小三男子だが、そのうち「一人で入る」とか言いだすのかもしれない。

女の子が、台所に来て「何かやらせて」と、人参の皮むきなどを手伝ってくれたりすると、胸がきゅんとする。女の子も一人くらい育ててみたかったなあと遠い目をするひととき。

短い時間ではあるが、兄弟姉妹のように夜を過ごせるのは、息子にとってもいいことだろう。五歳児につきあって、うんざりした表情を見せたこともある。それも、大事な経験だ。幸い我が家の週末は、一か月先まで予約でいっぱい。宿泊者名簿には、幼稚園児から中学生までが名前を連ねている。

小学生二人とスーパーボール二個風呂に入ったきり出てこない

また海にモズクを探す季節きて一年たつたか、そうか一年

子育て雑誌『エデュー』のメールマガジンで、仙台在住の鶴岡彩さん（ライターで小学生のお子さんを持つママ）の文章を読み、胸を打たれた。震災後の心境として「3・11以降の日々を過ごしてきて、今大切に思うのは、『迷わず動く』ということ。思ったことは、今、しよう。言いたいことは、今、伝えよう。会いたい人には、今、会いに行こう。『ごめんなさい』と『ありがとう』、そして『愛してる』は後回しにしてはいけない。迷わず動こう、後悔しないように。」と綴《つづ》っておられる。

「いつか」「そのうち」と思っていても、その「いつか」や「そのうち」が必ずくるとは限らない。日常が永遠に続くわけではないことを体験した人ならではの重みのある言葉だ。そして「いつか」や「そのうち」が必ずしも訪れないという点では、誰もが同じである。

をりをりに買ひ集めたる志野茶碗使はずにして地震《なゐ》に割れたり

出来喜美子

阪神淡路大震災の後に詠まれた短歌で、一番印象に残っているのが、この一首だ。茶碗は、いつか割れる。そんな当たり前のことさえ忘れていられたのが、震災前の日々と言えるだろう。いつか使おう、ではなく、使いたい茶碗なら今日から使って、その時間を楽しもう……そんなふうに前向きな姿勢になることを、鶴岡さんは言っておられるのだと思う。

子どもにとっては、人生の時間が有限だということは、なかなかぴんときにくいかもしれない。が、タイミングを逃さずに、大事なことをひとつひとつ行動に移していくこと。それは、人生を前向きに、そして豊かにしてくれる。その意味では、これは子どもにも伝えたいメッセージだ。メルマガを読んだ夜、私は息子に言った。「いつか、しよう、じゃ、いつまでもできないかもしれないよ。できることは、今日からやろうね」と。

震災後の気持ちの変化として、私自身は、「すみません、助けてください」とずいぶん素直に言えるようになったなと思う。

震災時、仕事で滞在していた東京から仙台へ帰れなくなったとき、パソコンを持っている友人に「キャンセル待ちのチケットが出たらとってほしい」と頼んだ。友人は夜中の三時までがんばって、貴重なチケットをゲットしてくれた。親子で、避難先の那覇で行き詰まったとき、石垣に引っ越した知人に連絡をした。数日泊めてほしいとお願いした。「お近くにお越しの節には……」と書いてあった転居通知。まさか本当に来るとは、彼女も思っていなかっただろう。彼女は古い仕事仲間だったが、パートナーの彼とは一面識もない。それでも彼のほうから「二、三日じゃ気持ちも落ち着かないでしょうから、もう少し」と言ってくれたのだった。その数日の延長のあいだに、私は移住を決心した。

島に住みついて後は、一日たりとも人の助けなくしては成り立たないような生活をしている。辺鄙《へんぴ》な島の、さらに辺鄙な地域。なのに私は車の運転ができない。そのことを告げると、誰もが一瞬絶句する。近くに住む人たちに、「すみません。一緒に乗せてください」と毎日のようにお願いしている。

そのたびに相手にお礼を言うのはもちろんだが、「ありがたいね」と息子にも言う。そして「困ったときには助けてって言えばいいんだよ。そして心からありがとうを言おうね。ありがたい気持ちは、そのときだけじゃなくて、他の誰かが困っているときに思い出そう」と伝えている。

単に人を頼るという意味ではなく、人から見て「こいつのことは助けてやりたい」と思われるような、そんな人になってほしいと思う。いざというとき、力になってくれる友人の数が財産だし、息子には、他人から手を差し伸べてもらえるような人柄であってほしい。震災前には、あまりなかった発想だ。以前は、人に迷惑をかけない、自立した人間、ということを願っていた。それはもちろん大事なことだが、人間一人で生きていくには限界がある。人とつながれる力こそが、生きる力ではないかと思うようになった。

助けられてここまで来たよ
島ぞうりの鼻緒のかたち「人」という文字

隣《とな》る人に我はなりたし
ひたすらに子を受けとめて子を否定せず

『隣る人』という映画を見た。さまざまな事情から、親と一緒に暮らせない子どもたちがいる。彼らを養育する児童養護施設「光の子どもの家」を舞台に、八年間にわたって撮られたドキュメンタリーだ。

特殊な事情の、かわいそうな子どもの、特別な世界を描いたもの……ではない。およそ子どもに関わる人間なら、すべての人に持っていてほしい「心のありよう」が、ここには描かれている。それを端的に表現したのが「隣る人」という造語だ。ひとことで言えば、ありのままの子どもをどこまでも受け入れ、ひたすらその心に寄り添う、ということになるだろうか。

ナレーションも字幕もない映像は、施設の日常をたんたんと映し出す。なにげない朝の見送りのシーンがあるのだが、私はこの場面が大好きだ。寒くはないか、雨は降らないか、こまごましたことを気にかけながら、保育士さんは子どもたちを見送る。振り向いたときに、そこに見守ってくれている人がいるという安心感。それがあるからこそ子どもは前を向いて進んでいけるのだ。

この映画へのコメントを求められて、私は次のような短文を書いた。

「『どんなムッちゃんも好き』。保育士のマリコさんの言葉です。そう思ってくれる人が隣にいること。子どもには、それだけでいい。けれど『それだけ』が非常に困難になっているのは、今の日本、児童養護施設に限ったことではないように思います。愛情とは、何か特別なことをしてやったり、まして期待したりすることではない。なんでもない時間を共有し、ひたすら存在を受けとめること。子どもとは、こんなにも愛情を必要としている生き物なんだと、せつなく、たじろぐほどでした。」

自分は自分の子どもに対して「どんな〇〇ちゃんも好き」と常に思っているのかどうか。こんな子どもになってほしい、という願いを持つのは自然なことだ。が、そうならなかったときにこそ、親は試される。


死別して施設に来たのではない場合、ふだん離れているお母さんが、たまに子どもと一緒に過ごすこともある。再び生活をともにできるかどうかのリハビリのような時間だ。

日常をともにしていないと、実の親子でもこんなにぎこちなくなってしまうのか、と思わせられる映像が続く。気まずさを埋めるように母親は、外食に連れ出したり、唐突に小遣いを与えてしまったりする。同じ子どもが、保育士さんに耳かきをしてもらってうっとりしているのとは対照的で、胸が痛む。

極端な事例のようだが、これに近いようなことが、今の日本では起こっているようにも思う。情報や物質的な豊かさがマックスな時代。子どものために何かしてやるということの「何か」が、情報や物質的なことで埋めつくされてはいないだろうか。

けれど、一番大切なことは、ひたすら「隣ること」なのだ。一番大切で、そして一番むずかしいことでもあるかもしれない。隣にいるつもりが、いつか後ろから押していたり、前から引っ張ったり、上から押しつぶしたり、あるいは隣といえないほど離れていたり……。

保育士さんたちは、実の親でないぶん、過剰な期待を子どもにしていない。そこが重要なことのように思えた。もちろん愛情はあふれんばかりだが、ただひたすら、子どもに健やかな日常が訪れることを願っている。その姿にも打たれた。

保育士さんの愛情を得ようと、あるときは本性剥《む》き出しで奪い合いをする子どもたち。布団に残る香りに顔を埋《うず》める子もいれば、試すように悪さを繰り返す子もいる。配置換えになった保育士さんに、子どもがしがみついて号泣する場面は、あまりの痛ましさに直視できないほどだ。親を失ったところからの出発だから、これも極端に見えるかもしれないが、子どもとは本来、これほどまでに愛を必要としているものなのだと気づかされる。

子の髪を切りそろえいる日曜に言葉はなくて豊かな時間

おさなごは言葉の小石につまずけり
「時間がなくなる」「期限が切れる」

幼稚園のころ、朝のしたくをぐずぐずしていた息子に向かって「早くしてー。時間がなくなるよ！」と声がけをした。するとぱっと顔をあげて「ん？ なに？ 何がなくなるの？」と生き生きと聞いてくる。なくなって困るようないものがあるんなら、今のうちに見ておかなくちゃ、とでも思ったのだろう。「いやいや、だから、時間っていうのは、なんかモノとかそういうんじゃなくて……つまり早くしないと間に合わないよって、そういう意味！」なんとかごまかしたが、息子はオモチャを隠されたような不審な顔をしていた。

小学一年生になって、少し「時間」というものがわかったかなというころ「今日は、三時三十分に歯医者さんだからね。お友だちとは遊べないよ」と念を押した。が、学校から帰るなり「遊ぶ約束した！ 三時二十分に公園行く！」とのたまう。「忘れたの？ 三時三十分に歯医者さんだよ」と言うと、

「わかってるって。だから三時二十分にしたんだよ」と、ものすごく得意げだ。そこのところ、ちゃんと考えているぜと言わんばかりの表情である。

三時二十分が、三時三十分より早い時間だということは、わかっているのだろう。が、遊べば時間がかかることや、歯医者さんに行くのにも時間がかかることなどは、いっさい頭にないようだった。ただポイントというか印として「三時二十分公園」「三時三十分歯医者」があって、重なっていないのだから、彼の頭の中では成立しているのだろう。時間というものについて、結構わかっているかと思っていたが、全然理解していないのだということが判明した。

二年生になって時計のよみかたを習い、三年生では算数の文章題にも、時間に関わる結構複雑なものが出てくるようになった。

「午後1時15分から午後5時20分まで図書館にいました。図書館には何時間何分いたでしょう」なんていう問題もスラスラ解いている。概念としては、だいぶわかってきたようだ。

算数の問題として出てくる時間はオッケーだが、実生活のなかでの時間感覚はというと、あまり幼稚園のころと変わっていないような気もする。

「早く早く。時間がなくなるよ！」

この言葉を、毎朝何回言っていることだろう。

「ごはん食べたら、歯みがいてね」

「着替えは、ここ。早くして〜」

「ハンカチ、ティッシュ、持ったかな?」

時間に余裕のない日は、声がけも頻繁になる。そして、ある朝、事件は起こった。旅行から帰ってきた翌日、疲れのあまり寝坊してしまったのだ。私は通常の三倍くらい「早く早く!」を連発した。いつもより急がねばならないのに、いつもよりノロノロしている息子にイライラが募る。そしてガミガミがピークになったころ、息子が反撃してきたのだ。

「ぐだぐだ、うるせえ!」

わが耳を疑った。「わかってる!」とか「今しようと思ったところ!」ぐらいの口ごたえはあったものの、こんな悪態は初めてだ。ショックと怒りで、一瞬頭の中が真っ白になった。

「う、うるせえって言ったね⁉　わかりました。じゃあもう一切言わないから。それで遅刻しても自分の責任だからね」

かろうじて、それくらいのことを言った(ような気がする)。息子が登校しても怒りは収まらず、もう本当に明日から一切言わないでおこうと決めた。そして、言うから腹が立つのだと思い、朝起きてから登校するまで、やるべきことを大きな紙に時系列で書いてやった。

帰宅するなり「ほれ、明日からはお母さん、もうぐだぐだ言わないからね」とイヤミたっぷりに紙を渡す。息子がちょっと申し訳なさそうに「わかった。朝はごめんね」と折れてきたので、いちおうは仲直り。

そして翌朝。情けないほど何回も紙を見ては行動している息子を見て「こんなに頭に入っていなかったのか」と軽いショックを受けた。くどくど言うというのは、つまり何も言わないに等しいのだ。

母さんは合っていたのか
人生に答え合わせはなくて海鳴り

祈ることしかできなくて祈りおり夏空に発つ白い飛行機

「馬の背中とか首のうしろを、掻《か》いてやると気持ちよさそうにするんだよー。鼻の穴を、ふんって広げて、にかーって笑ってるみたいな顔になって」

今年の夏休み、息子は与那国島で馬の世話をしてきた。帰ってからしばらくは、馬の話ばかりだ。

いま住んでいる石垣島から、飛行機で約三十分。与那国島は日本最西端の島である。ドラマ『Dr.コトー診療所』のロケ地と言えば、ぴんとくる人も多いかもしれない。在来種の与那国馬は小型で、農耕馬として長く使われてきた。

近所に「フーさん」という愛称で親しまれている一人暮らしのおじさんがいて、子どもたちがよく懐いている。息子もフーさんが大好きだ。地域のクリスマス会などでは、頭にタオルの鉢巻きをして（これがトレードマーク）フーさんのものまねをして拍手をもらっている。

そのフーさんが、与那国島に知り合いがいるということで、息子と、小四の女の子を「馬の世話修業」に連れ出してくれた。観光地でもあるので、そういう体験プログラムのようなものがあるのかと思ったら、そうではなく、ほんとうに純粋に「馬の世話」だったようだ。

四泊五日と聞いてちょっと心配になり「私もついていこうかな……」と漏らすと、「親がついてきたら、甘えるからダメだ」とフーさん。息子が「大丈夫だよ、行きたい、行きたい！」と目を輝かせるので、思いきってお願いした。

朝は五時半起床。まずは、馬のボロ（ウンチ）の掃除から始まる。熊手でかきあつめ、チリトリにとり、一輪車に載せて運ぶ。乾燥したエサを計量し、水でふやかし馬に与える。乾燥エサ以外にも、生の草を食べるので、その草刈りも大事な仕事だが、これが一番きつかったとのこと。八時に、やっと朝食だ。

お土産にもらってきた写真を見ると、馬のひづめの手入れ（詰まった土やフンを掻きだしてやる）までしている。鋼でできた道具で体を掻いてやると、抜けた毛やフケのようなものがとれて、気持ちよさそうにするのだとか。

「馬どうしが、首をこすりあわせていることもあるんだよ。よっぽど痒《かゆ》いんだね」

馬と水泳をしている写真もあって、びっくり。「これは、働いたごほうび。

観光客が来たときに一緒に連れていってもらった」

世話に慣れたところで、馬に乗って散歩もしている。最終的には一キロほどを一人で乗ったらしい。

「いやあ、けっこう戦力になってくれたよ」とフーさんも感心するほどの、がんばりぶり。洗濯機も小学生二人で回し、「洗剤を入れ忘れたことが一回あった！」というのもご愛嬌だ。

確かに、私がついていったら、こうはならなかっただろうなあと思う。「途中で帰りたくならなかった？」と聞くと、一回だけあったという。「ボロがものすごく多くて、片づけに九時過ぎまでかかった時」だそうだ。私だったら、休憩させて朝ごはんにしてやりたくなる。「あと……、ウォシュレットがなかったから、三日目ぐらいからケツが痒くなった！」。それも辛かったらしい。「だから、お風呂でよく洗った」。そうだ、それでいい。

「なんでも自分でできるようになってほしい」とは思っていても、そばにいると、ついつい手を出してしまう。家の手伝いなども「教育的配慮」でやらせているだけだ。本当に戦力になってもらおうとは思っていないし、手伝ってもらうとかえって邪魔になったり手間が増えてしまうので、頼む自分に切実感がない。その迫力のなさは、子どもにもバレていることだろう。

「子どもの可能性を、親がつぶしていないか」というのは、早期教育や習い事の話だけではないなと痛感した。長ぐつを履いて、馬のウンチを運んでいる写真は、まぎれもなく我が子だ。
「やれば、できるじゃん！」とほめてやりながら、何もやらせてこなかった自分を反省した夏だった。

絵葉書のように見ており
馬に乗り馬をあやつる我が子の写真

画用紙に描けぬ夏の思い出を心にしまい明日新学期

明日から二学期という日の夜、真っ白い画用紙を見つめて、息子はため息をついていた。夏休みの宿題「思い出の絵」を描くのを、ずるずる先のばしにしてきて、とうとう今日になってしまったのだ。

いくつか参考になりそうな写真を出してやり「このなかから、描きやすいのを選んだら」と水を向けてやるのだが、いっこうに筆をとる気配がない。しばらくして、ふっと見ると、絵の具を絞りだして、何やら熱心にやっている。ようやくその気になったかと思って近づくと「おかあさん、見て見て！ハトの落とし物！　ここは、もうちょっと黒いほうがいいかなあ」と、実に楽しそう。なんのことはない、白い絵の具と黒い絵の具で、ハトのフンを作って遊んでいるのだった。

その生き生きした目で、思い出の絵に取り組めないものだろうか。

「ずいぶん楽しい夏休みだったはずよ。与那国で馬の世話、パイナップル畑でクワガタ捕り、滝壺にも飛びこんだし、プールでウォータースライダーもしたでしょう」

「うん！　全部楽しかったし、全部覚えてる。絵はね、頭のなかに、いっぱいある。だから、オレ、別に描かなくてもいいような気がする」

口ばかり達者で、いっこうに進まない。私自身、図画工作が苦手で、好きでなかったこともあり、あまり強く言わないうえ、どう指導してやったらいいのかわからないのが辛いところ。読書感想文や日記などは、会話や質問を通して、うまく導入してやれるのだが。

考えてみれば、ハトのフン作りだって、立派な造形作業だ。自分で形にしたいと思ったものなら熱中できる。「絵は頭のなかにある」というのも、わからなくはない。あとは、それを描きたいと思うかどうかだろう。

いやいやいや、親がこんなだから、始業式前日になってしまったのだ。ここは気持ちを切り替えて「きちんと課題をこなす」というところに意義を見出そう、と思いなおすのだった。

結局「思い出の絵」は、二日前に見た「アンガマ」を描くことになった。石垣島のお盆の伝統行事である。グソー（あの世）からの使いであるウシュマイ

（おじいさん）とンミー（おばあさん）がファーマー（子や子孫）をぞろぞろ連れてきて、家や施設を回り、祖先を供養する。

写真を見ながら「ウシュマイは歯が一本で、ンミーには、ないのかあ」「黄色い紙、これがあの世のお金なんだよね」「砂糖菓子の色が派手！」。いざ描こうとすると、いろいろと発見もあるようだ。作文にしても、自分の言葉で書こうと思うと、心が整理されたり、新たな発見があったりする。絵を描くというのも同様の良さがあるのかも、などと思いつつ、なんとか仕上がったものを見て、ほっとした。

好きこそものの上手なれ、と言う。子どもが興味を持ち、自分からやりたいと思うことを、ぞんぶんにやらせてやりたい。好きなことなら、多少の辛さも乗り越えられるし、乗り越えたときの喜びが、また次へのエネルギーになる。息子は、この夏「ラＱ」というブロックのようなものに凝って、びっくりするほど複雑なものを次々と作り上げていた。ラＱに取り組むときの真剣さといったらない。時間を忘れて何かに没頭することが子どもを成長させる、とモンテッソーリも言っている。そういうときは、宿題が多少おろそかになっても、まあいいかとやらせておいた。

が、始業式になっても宿題ができていないというのは、まずい。いやいやでも、課題はきちんとこなすというのが社会性というものだろう。親としての自分は、この点の指導力が足りていないなあと反省する。まあ、ひとことで言えば「甘い」のだ。

息子の名言（迷言？）に「先生は『前を向きなさい』って言うけど、オレにとっては向いているほうが前なんだよ」というのがある。子どもの向きたい前と、社会的な意味での前と。このバランスに、これからも悩むのだろうなあと思いつつ二学期を迎えた。

「今オレが見ているほうが前」とつぶやく
前を向けと言われる息子

指を折り五音七音数えいる
子らを撫でゆく海からの風

最近は、小学校で短歌や俳句の学習をするらしい。私が子どものころは、たしか中学生で俳句、高校生で短歌だった。伝統的な詩型に出会うのなら、早いほうがいい。だから、とても喜ばしいことだと思うのだが、現場の先生からは「どう教えたらいいか、わからない」という声も届く。この秋、息子の通う小学校も含め、何校かで頼まれて出前授業をしてきた。

子どもたち、カタチのことは、よく知っている。短歌は五七五七七、俳句は五七五、そして俳句には季語が必要。まあ、先生としては、これを教えたあと、どうすればいいの？　ということだろう。

短歌は、どれくらい昔からあると思うかを、子どもたちに聞いてみる。これは、以前、仙台で公開授業をしたときもそうだったが、なかなか出てこない。実は千三百年以上前から、この国にあるのです、と言ってもすぐにはピンとこないようだ。俳句のほうは、かなり後に生まれたが、それでも三百年以上の歴史がある。

ここで、定番として、新聞の短歌・俳句の投稿欄のページを、みんなに見てもらう。

「そんな昔からあって、今も、こんなふうに普通の人たちが作っていて、普通の新聞に載っているんですよ。すごいことだと思わない？　世界広しといえど、こんな国は日本だけだと思います」

そう、これは、海外で短歌や俳句の話をすると、とても驚かれることの一つでもある。文芸誌とか読書新聞ではない。一般紙である朝日、読売、毎日、日経、サンケイ、東京、各地方紙……短歌・俳句の欄を持たない新聞はないだろう。ちょっとした雑誌にも、そのコーナーがあることは珍しくない。「日本は、詩の大国ですね！」というわけだ。

子どもたちには必ず「将来、海外に行ったり、外国人の友だちができたりしたら、ぜひ自慢してくださいね。日本には、こんな文化があるんだっていうことを」と話すことにしている。


続いて、鑑賞と創作。事前に子どもたちに作ってもらった作品を素材にして、話をするのが一番いい。自分の作品がプリントになっていることの晴れがましさ。友だちの作品への興味。教科書に載っているものは立派ではあるけれど、関心を持たせるには、子どもたち自身の作品にまさるものはない。

そして、ここからが腕の見せどころなのだが、とにかくひとつでもいいところを見つけてほめる。

「いやー児童の作ったものなんか、かろうじて五七五七七になっているだけみたいなのばかりで」という先生もいらっしゃるが、ならば「よく五七五七七にしたね！」とほめてやる。そして、それが言葉で書かれているかぎり、実はほめるポイントは無数にあるのだ。

たとえば虫の名前が書いてあれば「虫、と言わずに具体的な名前を出したところがいいね」。オノマトペが使ってあれば「これは日本語の特徴のひとつ。擬音語や擬態語を使うと、生き生きするね」。「……みたい」とあれば「こういうたとえのことを、難しい言葉で比喩といいます。詩にとって比喩を工夫するのは、とても大事なことだよ」。

ほめながら、詩の技巧についても語れるので一石二鳥。対比や発見、共感や描写、個性というのも「ほめ」のポイントになる。子どもたちに、まず好きな作品に○をつけてもらうのもいい。そして、どこがいいかを発表してもらう。これは、鑑賞のほうの勉強になる。

創作の場面では、やや上級編だが、できるだけ形容詞を使わないで作ってもらうのがいい。我が息子の例。「長袖を着るとあったかい秋の朝」としていたので「あったかい、は形容詞だよね。それを使わずにあたたかいんだろうなあって読む人に伝わると最高だよ」と伝えた。が、「気持ちいい」「うれしい」など、出てくるのは形容詞ばかり。そこで、着ていたものを全部脱がせ、ぶるっときたところで長袖のシャツを羽織らせた。「ふー落ちつく…」「それだ！」。というわけで、

長袖を着ると落ちつく秋の朝　　たくみん

この句を見て、かつて自分が詠んだグリンのセーターの歌を思い出した。

たっぷりと君に抱かれているような
グリンのセーター着て冬になる

子の語彙の増えゆく冬の食卓に「上から目線」「マジハンパない」

「なんで、そんなに上から目線なのさ」

ある日、息子が反撃してきた。ついつい出てしまういつものセリフ「早く宿題しなさい！」を言ってしまったときのことだ。

上から目線……などという言葉、どこで覚えてくるのだろうか。いや、感心している場合じゃない。親と子は、友だちではないのだから、親なんだから、上からモノを言うのは当たり前。そう思いなおして、私も言う。

「上か下かっていったら、お母さんは年も上、立場も上。特別に上からって意識しなくても、上からになるんだよ。決して見下して言ってるわけではありません」

「じゃあさ、どうせ上なら、ミッションを授けて」

「ミッション？」

「そのほうが、ヤル気が出ると思う」

ふむ。これは、ちょっと面白そう。つまり宿題はミッション。手伝いもミッション。歯を磨くのもミッション。上からの指令という設定で、やってみたいと言うのだ。特に準備がいるわけでもない。単に、そういう気持ちになればいいだけのことなので、私もこの「ミッションごっこ」に乗ることにした。

「わかりました。それでは、今夜のミッションを発表します。その1　夕飯までに宿題を半分は片づけてください。そのあいだ、おかあさんは夕飯を準備します。その2　夕飯後、宿題の残りを完成させてください。おかあさんはお茶碗を洗います。ミッション2が終わったら、お風呂に入り、疲れをとりましょう。ミッション3は、九時までに歯を磨き、明日の時間割をお願いします。全部終わっても時間が残っていたら『コロコロコミック』を読んでもよし。以上！」

こういうのは真剣に芝居がかったほうがいい。いちおう私は、モト演劇部。ピリッとした雰囲気でミッションを伝えた。息子のほうも目をキラキラさせて答える。

「ラジャー！」

「ミッション1　終わりました！」

「ミッション2　無事終了です！」

息子が嬉しそうに報告をしてくるたび、「ミッション、クリア！」と叫んで、二人でハイタッチをする。クリアというセリフは、私の発案だ。こういう細やかな演出は、大切にしたいところ。

「すごいじゃない。このままいけば、ミッション3も楽勝だね」

とてもいい気分で、二人、湯船につかる。そういえば幼いころから、芝居がかったごっこ遊びが息子は大好きだった。

たとえばお風呂上がりに、しずくを垂らしたまま逃げ回るので「シャム猫さまー、こっちでございますよー。王様のふわふわのバスタオルまで、走ってこられますかなー？」と、息子＝王様に飼われている高級なシャム猫、私＝王様の家来、といった設定で呼びかけると、大喜びで広げたバスタオルに向かって飛びこんできたものだった。歳月を経て、形は違えど、今もあれをやっているわけだなあと思う。

ちなみに、この「ミッション大作戦」、ママ友に話したら、「さっそくやってみる！」と言う人が大勢いた。驚いたのは、子どもを叱っているところなど想像もできない感じの、おっとりしたお母さんが「怒鳴ってやらせるより、いいかもしれないわね」とつぶやいたこと。声を荒らげてしまうことのないお母さんなどいないのだと、妙に励まされてしまった。

結果は、みなさん上々のようで、特に低学年の男子に効果があるようだ。高学年の女子ともなると「ミッション？　はぁ？」という冷ややかな態度になってしまうそうなので、あまりおすすめはできない。

「家事もね、ミッションって思いながらやってみたけど、ほめてくれる人がいないとつまらないわね」という人も。そう、この作戦を成功させるためには、大げさなくらい子どもをほめてやるのがポイントだ。

王様のシャム猫という設定に
子はもぐりくる我のふとんへ

「はる」という敬語つかえぬ国にきて我が日本語のしましま模様

紅イモの天ぷらを食べて息子が言う。

「まる、まーさん！」

つまずいて転べば「あがっ！」

明日の予定はというと「……ほんでからよ、タイガんちに遊びに行くべよ」。

「まる」は「とても」、「まーさん」は「おいしい」、「あがっ」は「痛い」の意味だ。石垣に来て、まもなく二年。こちらの言葉を、息子はずいぶん自在に使うようになった。毎日遊んでいる友だちの、ほとんどが島の生まれ。意識せずとも、方言が染み込んでくるようだ。

私自身は、中学二年生のときに、生まれ育った大阪から福井へと転校した。小学生の息子とは違い、かなり意識して福井弁を身につけたことを思い出す。それまでは自分が大阪弁をしゃべっていることにさえ気づいていなかった。が、忘れもしない英語の時間。授業で指名されて教科書を音読すると、くすくすと笑い声が起こった。先生さえニヤニヤして「俵は、英語まで大阪弁か」と言う。イントネーションが大阪っぽかったのだろう。英語には多少自信があったので、かなりショックだった。

友だちを作るには、まず福井弁だ、と悟り、研究した。「否定的に言う言葉にも、何種類かある……おぞい、は物にしか使わないし、のくてー、は人のこと。ひってもん、はｖｅｒｙに近いかな」。笑われたのは心外だったが、方言や言葉によるコミュニケーションというものへの興味を抱くには、いいきっかけになった。

ただ、とても困ったのは、大阪弁の「はる」が使えないこと。この、ふんわりした敬語は、まことに便利で、これに相当する福井弁は見当たらない。敬語というのは「上下親疎」を表す。つまり敬意を上げれば上げるほど親しみ度は減るというのが原則なのだが、「はる」だけは例外、というのが私の説（？）だ。親しみをこめつつ敬意が表現できる。「あ、先生が来はった」というように。

息子が方言を使うようになったこともあり、「ことばの教室」で取り上げることを思いついた。この講座は、地域の子どもへの学習支援の一環で、近くに住む友人と私とで定期的に開いている。

「方言って、わかるかな?」というところから、始めた。中学生の私でさえ、自分の大阪弁に自覚がなかったのだ。島の子どもたちは、案の定、ぴんとこない顔をしていたが、「たとえばテレビで聞く言葉と、近所のおじいの言葉とは違うね」といったあたりから、話を広げていった。

みんなで方言の採集をしてみようということになり、家の人や近所のお年寄りに話を聞く機会も持った。高齢者を対象にした健康教室「がんじゅう教室」(この「がんじゅう」もまた方言。丈夫や元気という意味で、語源は「頑丈」のようだ)に行くと、子どもとの触れあいにお年寄りが大喜びという、思いがけない副産物も。また、そこで「方言ラジオ体操」なるものにも出合い、一同で「腕をのばしょーり!(伸ばしましょう)」と盛り上がった。

「ふるさとの訛《なま》りなくせし友といてモカ珈琲《コーヒー》はかくまでにがし」と詠んだのは寺山修司。かつては方言を恥ずかしいものとするようなムードが日本にはあった。が、今ではむしろ方言を大切にしようという方向になっている。言葉は文化であり、人の心に直結しているものなのだから当然だ。子どもたちにも、方言を楽しみ、誇りに感じてもらえたら、と思う。

ところで、この取り組みの過程で、痛感したことが一つある。それは「文具は大事!」ということ。言葉を集めるに際して、はじめは適当な紙を配ったり、ノートに書かせたりしていた。が、あるとき友人のアイデアで、英単語などを覚えるためのリング式「単語カード」を採用。これを手にしたときから、子どもたちの熱の入れようが目に見えて変わったのである。集めた言葉の成果が一目瞭然だし、アイウエオ順に並べ替えたりもできる。なによりも「かっこいい！」。たかが文房具とはいえないのだった。

楽しげに鈴鳴るごとき響きかな「じんがねーらん」は銭がないこと

特大の絆創膏を購《あがな》えり
男の子かい？　男の子です

休日の午後。「宿題しなさいよ」と声をかけようとしたのが二時だった。が、新しいカードを眺めてニヤニヤしている息子。そのニヤニヤっぷりが、あまりに生き生きとして楽しそうだったので、しばらくほうっておくことに。そして、次に時計を見たら、もう三時半。息子はというと、まったく同じテンションで、ニヤニヤニヤニヤしつづけている。よくもまあ、そんなにニヤニヤできるなと、なかば感心、なかば呆れて、手元をのぞきこんだ。

最近、私の知人がプレゼントしてくれた「デュエルマスターズ」というカードが一束。その一枚一枚をめくりながら、図柄を舐めるように眺め、ただひたすらニヤニヤしているのである。

幼稚園から小学校低学年にかけて、ポケモンカードに夢中になり、三年生の今は、『バトルスピリッツ』というのを熱心にやっている。ゲームとは関係ない場面、たとえば転んで血を流したときさえも、キャラクターになりきって

「フラッシュタイミング！　ばんそうこうを使用！　ケガしたところを保護する。その後コストを支払うことで、メイン効果を発揮する！」なんて叫んでいるほどだ（フラッシュタイミングなどはバトスピ用語らしい）。「デュエル・マスターズ」は、もう少し上の子が対象のもののようだが、その背伸びした感じが、嬉しいようだ。

「ニヤニヤしているときの頭のなかは、どうなってるの？」

「絵が動いてる。これとこれを戦わせるとどうなるのかなーとか思いながら、見てるんだ」（と言いながら、ニヤニヤ）

「音は？　音は聞こえるの？」

「もちろん！　ギューン、どっかーん。バラバラバラ、ひゅんひゅん、ジャシーン！」（ニヤニヤ）

児童文学者である松居直《ただし》さんの絵本論のなかの「子どもは絵を読む」という話を思い出した。大人は、文字を中心に理解をし、絵は補助的に見てしまいがちだが、子どもは絵を読むということをするそうで、それが大事なのだと。耳からストーリーを聞きながら、目で絵を読むとき、それらが渾然一体となって脳内で動きはじめる。それこそが絵本の醍醐味であり、想像力を養うことになるのだそうだ。

松居さんの論に照らせば、息子もカードという絵を読み、脳内で想像力を鍛えているということになるのだろうか。理屈はともかく、声がけをひるませるほどのニヤニヤ顔ができるということ自体、子どもならではのことだ。

それにしても、カードへの情熱というのは、ほぼ男の子に特有のもののような気がする。息子の友だちを見ても、菓子箱などに後生大事にカードを入れているのは、男子ばかりだ。

私が小学生のころは、仮面ライダーカードというのが爆発的に流行した。そのカードは、スナック菓子のオマケとして付いてくるのだが、カード目当てに買った大量の菓子が捨てられて、社会問題になったほど。同級生の男子たちから、私もいやというほどそのスナック菓子をもらった記憶がある。そしてカード集めに夢中になる彼らを、女子は冷ややかな目で見ていたものだ。

大人になってからも、何かを系統だてて集めるのは、男性に多い。女性は、たとえばカバンが好きといっても、持ち物としてのこだわりがあるだけで、ブランドの歴史に沿ってコレクションしようなどとは思わないだろう。万年筆や時計が好きな男性は、それをする。いわゆる「蒐集」という行為だ。

子どものカード集めの様子を見ていても、しばしば「コンプリート」という言葉を使う。ある特定のグループを完璧に集めることが、非常な喜びとなるようだ。昆虫採集や石集めも、とことんやってしまうのは男子だし。

この現象を、どう考えていいのかよくわからないが、男の子には自分の王国のようなものを作りたいという気持ちが強いのかな、とも思う。空想の国のなかの王様。その国のリアルさを支えるものとして、カードや万年筆や昆虫や石があるのかもしれない。

いずれにせよ、男の子を育てていると、実感として「女の子とは違うな！」と思うことが多い。こういうことを踏まえて恋愛していれば、少しは違う青春時代が送れたかもねーと、ママ友と笑いあったりもする。ものすごく大ざっぱにまとめると「アホでかわいい」。この感覚を大切にしていくことが、男の子とうまくつきあうコツかもしれないなと感じている。

学校から石蹴りながら帰宅する昭和の男子も平成の子も

四年生

ドラムの響き

ご先祖の川は流れて子どもらの海へと続く十六日祭《じゅうろくにちさい》

石垣島では、旧暦の一月十六日に「十六日祭」という行事が行われる。元日は、この世の人の正月だが、十六日祭は、あの世の正月なのだそうだ。初めて、この行事を見かけたときには「お墓でピクニック!?」と驚いた。島のいたるところに立派な屋根つきのお墓があるのだが、その前でわいわい飲み食いしているのだ。重箱に詰められたさまざまなご馳走を覗き見すると、豚肉料理や餅、巻きずし、天ぷら、かまぼこ、フルーツなど、なんともめでたい雰囲気。もちろん大人は泡盛を飲んでいる。供養というより、先祖と宴会しているという雰囲気だ。

この日は、小学校も午前で終わり。地元の従業員が多い会社や店の場合、午後は休業となる。それほど島をあげての公式行事なのである。

給食も食べずに息子が帰ってくるので、自分が小学生だったころの土曜日を思い出す。お昼のメニューを考えていたら、今年は近所の人から息子にお誘いが。「石垣にお墓のない子どもたちにも体験させてやりたいから、一緒に連れていくよ」。ありがたいことである。

「三か所もお墓をまわった！」と楽しそうに帰ってきた息子。あの世のお金を「うちかび」といい、それを燃やす儀式というのも見たらしい。煙にしてあの世に届け、先祖がお金に困らないようにするという意味があるとか。あの世の沙汰《さた》も金次第……なのだろうか。おもしろい風習だ。

ごちそうでお腹を満たしたあとは、墓場で鬼ごっこやかくれんぼ。大満足な様子を見つつ、お礼の電話を入れた。すると「ごめんなさいね……お預かりしておきながらケガさせちゃって」と沈んだ声が返ってきて、びっくり。息子に聞くと、車のドアに指をはさんだとのこと。右手の親指に巻いてあった絆創膏をはがすと、ぎょっとするくらいパックリ切れていた。

連れていってくれた家のお父さんが「指、動くか？」と聞き、動くなら大丈夫と言って、泡盛で消毒してくれたそうだ。豪快な処置だが、神経が切れていないかを確かめたんだよと、息子には教えてやった。小学生ともなれば、大人がずっと見張っていることは不可能だ。不慮のケガはつきもので、お願いした時点で、私にも責任はある。

「また、おっちょこちょいしちゃった?」と聞くと、「違う! T君がよく見ないでドアをバンって閉めた」とふくれっ面。痛くて倒れていた息子を気遣って、何人かが集まった後で、T君は気づいたらしい。「みんなが、Tのせい! Tのせい! って言ったんだけど、あいつ謝らなかった」。状況から察するに、囃《はや》されたことで、彼も意固地になってしまったのだろう。「そういうときは、なかなか素直になれないもんだよ」となだめたが、「ごめんって言うまで、もう遊ばない」とまで言う。仲良しの同級生なのに、ちょっと心配だ。

だが、ここは親の出る幕ではないだろう。「T君のお母さんに話せば、きっと叱って謝らせるとは思うけど、それはしないよ。自分たちで解決しな」とだけ言った。

二日ほど冷戦状態が続き、三日目の朝「まったく謝る気配がない。今日は、ひとことガツンと言ってやる!」と息子は息巻いて登校していった。「相手を追いつめるようなことを言うと、ますますこじれるからね。それは注意しなさい」というのが、私のアドバイス。T君だって、折れるタイミングがわからないでいるのだろう。

さて、意外なほど機嫌よく息子は帰宅。「どうだった? ガツンとひとことって、何て言ったの?」

「おまえのせいで、オレは毎朝うんこを左手でふいている！」

T君は、ぶはっと吹き出し、しばらく絶句したあと「……親指、大丈夫？」と気遣ってくれたそうだ。「だから、もう仲直りした」

ユーモアで解決するとは、なかなかやるではないか。親バカかもしれないが、私はかなり感心し、思いきりほめてやった。

見守るというだけの春
子には子の解決法があると信じて

さようなら　不思議の国のラ・マンチャ《アディオース》
なんにもなくてなにもかもある

小学四年生になった息子が、英語を習いたいという。以前、この連載で「二歳の息子に英語を習わせるべきか」と迷っている話を書いた。まずは日本語でしょうと思いとどまったのだが、その後幼稚園の一年間ほど、せがまれて子ども向けの英語教室に通わせた経験がある。結局、ハロウィンやクリスマスなどの行事を一通り楽しんだら飽きてしまい、長続きしなかった。

今回は、子ども向けにきたダイレクトメールを見て、やりたいやりたいと言っている。パソコンにCDロムを入れて、マイクロフォンを連動させる教材だ。案内を見て、はは一んと思った。英語というよりは、ゲーム目当てなのだ。英語を学びながらゲームをクリアしていくと、コインやらカードやらが集められ、ごほうびがもらえるという仕組み。

辺鄙なところに住んでいるので、習い事は一つもしていない。それも不憫だし、ゲーム目当てでもなんでも、多少身に付けばいいかなと思って、試してみることにした。

自分自身を振り返ってみると、学校の英語の成績はとてもよかったけれど、今、ほとんどしゃべれない。中学から大学まで、十年間もやっていて、情けないかぎりだ。まあそれは、必要に迫られていないという状況のせいでもあるだろう。自分が、もっとも必死にしゃべった経験を思い出すと、それはテレビのロケでスペインに行ったとき。ディレクターと私が日本から出向き、残るスタッフは全員現地の人。いきおいコミュニケーションは英語になる（ディレクターは、もちろんペラペラ）。今思い返しても、なかなかがんばった。やはり言葉は、必要に迫られてなんぼなのだ。

仕事や旅行で行った外国はかなりの数になるけれど、あのスペインの旅は人生のベストスリーに入るほど印象深い。スペインそのものの魅力もあるだろうが、背水の陣で（というくらい悲壮な感じで）英語を使ったこともいい思い出だ。


さて、教材が届き、大喜びでレッスン（ゲーム？）を始めた息子。発音のよしあしも機械が判断してくれて、いい加減なことを言うと「ブブー」と通してくれない。「thank you」で苦戦している息子に、ちゃんと舌を歯にはさみなさいと教えたら、「ピンポン！」と合格。合格には、発音のよしあしに応じて、レベルが三段階くらいある。

ゲームの内容も、友だちを作ったり、買い物をしたり、会話が中心の学習になっていて、いいなと思った。つまりゲームが「必要」を生み出している。「これはペンです」なんていうのよりずっと楽しいはずだ。オペレーターみたいなマイクをつけて「It's cool!」とか言っている息子を見ると、ちょっと感動的ですらある。

ふだんの会話でも、英語に話を広げてやると、興味を持つようになってきた。機内アナウンスを聞いた息子が「化粧室ってトイレのこと？ すげえ遠回し」とツッコミを入れれば、「でもさ、英語でもトイレのこと、レストルームとかワッシュルームとかって言うんだよ。レストは休むっていう意味だし、ワッシュは洗うっていう意味。これもけっこう遠回しじゃない？」と投げ返す。

「ワッシュルーム……お！ 日本語なら手洗いか」「そうそう、大事な言葉だから、覚えておいて。外国行ったとき、困るからね。まあ、子どもならボディランゲージでも伝わるかな」「なに、ボディランゲージって」「ボディは体で、ランゲージは言葉。つまり身振り手振りってことと」「エアギターみたいなもん？」「いや、それを言うならパントマイムのほうが近いかな」……といった具合。

そんな折も折、イギリスの詩のフェスティバルから、参加しませんかと招待状が届いた。これも何かの縁のような気がして、夏、息子を連れて行ってみようかと思っている。彼が「必要」を感じる場面は生まれるだろうか。

沖縄の「あとからねー」と似ておりぬ「シーユーアゲイン」やさしき言葉

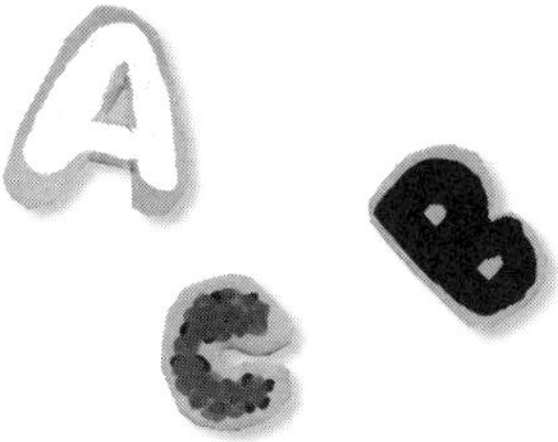

恋しい時わからない時よわい時
ひらいてごらん『星の王子さま』

サン・テグジュペリの名作『星の王子さま』に出会ったのは、中学二年のときだった。あこがれていた英語の先生が「読んでごらん」と貸してくださった。それだけでも舞い上がってしまうようなできごとだが、この本自体にも大変魅了された。

大人というものへの懐疑が芽生えはじめる年頃であり、恋や心というものに興味を抱きはじめる年頃でもある。そんな中二女子の心をわしづかみにしたのは、たとえば次のようなフレーズだ。

「だれかが、なん百万もの星のどれかに咲いている、たった一輪の花がすきだったら、その人は、そのたくさんの星をながめるだけで、しあわせになれるんだ」

「心で見なくちゃ、ものごとはよく見えないってことさ。かんじんなことは、目に見えないんだよ」

王子さまが地球に来る前に訪れた星での、こっけいな大人たちの話も印象に残った。命令ばかりしている王さま、ほめことばしか受けつけないうぬぼれ男、酒を飲む恥ずかしさを忘れるために酒を飲んでいる呑み助、などなど。これらが暗に、現実にいる情けない大人たちの姿を描いているのだということは、よくわかった。

以来、折に触れて、読み返している。年齢や、自分をとりまく状況によって、心に響く箇所が変化する。それが『星の王子さま』という本の懐の深さだ。

立体絵本になった豪華版をプレゼントされたときには、息子と一緒に毎晩少しずつ読み進めた。小学一年生のころのことだから、かわいらしい絵と、ヘンテコな大人たち、それにキツネと友だちになるあたりに興味を持ったようだった。私より早い出会いを果たした息子にも、人生の節目節目で読んでほしいなと思う一冊だ。

そして、最近また読みなおしたのだが、自分でも意外なところに心が立ちどまった。

『星の王子さま』の冒頭には、ウワバミがゾウを呑み込んでいるところを想像して描いた絵が出てくる。語り手である「ぼく」にとって、第一号の絵だ。ウワバミの中身は描かれておらず、ゾウのかたちにふくらんだそれは、一見すると帽子のようだ。大人たちがみな、それを帽子としてしか見ないものだから、「ぼく」は、続いて中身がゾウであることをわかるように描く。それが第二号の絵だ。

「すると、おとなの人たちは、外がわをかこうと、内がわをかこうと、ウワバミの絵なんかはやめにして、地理と歴史と算数と文法に精をだしなさい、といいました。ぼくが、六つのときに、絵かきになることを思いきったのは、そういうわけでした。」

あーこれと同じようなこと、自分も言ってるんじゃないかな、と思った。息子は今、小学四年生だが、石を集めて名前をつけたり、大好きなカードの絵を模写したり、まあいろいろと子どもっぽいことに熱中している。

「見て見て！」と嬉々として近づいてこられたとき、こちら側に心の余裕があれば「どれどれ」となるのだが（そしてさらに余裕があれば、「すごいねえ」のひとことも出るのだが）、宿題もまだ風呂もまだ、なんていうときは、ついつい声を荒らげてしまう。

「そんなことより、やることさっさと、やりなさい！」

そんなこと呼ばわりされて、がっかりする息子の気持ちは、「ぼく」が大人から、地理と歴史と算数と文法に精をだしなさいと言われたときの気持ちに通じることだろう。

もしウワバミの絵をほめられたら、彼は将来素晴らしい画家になったかもしれない。大人の常識にしばられた、何気ないひとことが、子どもの可能性や想像力の芽を、摘んでいる……そんな教訓として、この場面が響いてきた。自分が大人になり、子育てをするようになったからこそだろう。出会いから三十余年を経て、まだまだ新しい気づきをもたらしてくれる。それが『星の王子さま』だ。

ウワバミに呑まれたゾウの絵をほめてやれる大人になりたい、なろう

天高く際どいダジャレ「押す遊び《プレイ》だから危ないおしくらまんじゅう」

沖縄に住んで二年あまり。戦争と平和について親子で考える機会が、とても増えた。このこと自体が、変といえば変なことである。日本のどこにいても、考えるべきことのはずなのに。

とはいえ、本島在住のママ友がツイッターで「オスプレイうるさいなう」なんて日常的につぶやいている環境だ。新聞を開けば、不発弾のニュースが、またかというくらい載っている。浜辺で見つけた修学旅行生が持ち帰ろうとして空港で叱られたとか、校庭を掘り返していたら出てきたとか、もうしょっちゅうだ。

いわゆる平和教育を重点的にやる月も、他県とは違う。雑誌やテレビなどのジャーナリズムが、年に一度のお約束のように（皮肉ではなく、これはこれで大事なこと）戦争と平和を考える特集をしたりするのは、八月だ。二度も原爆が落とされ、敗戦が決まった月。

が、沖縄では、なんといっても六月なのである。多数の犠牲者が出た沖縄戦。それが終わったとされる六月二十三日が「慰霊の日」と定められている。子どもたちは、戦争について調べたり、話を聞いたり、それをまとめるといったことを通して、平和について学習している。

息子と私が住む石垣島は、八重山諸島の一つで、地上戦はなかった。が、強制疎開させられた人たちの多くが、マラリアで亡くなるという悲劇があった。この「戦争マラリア」についても、もちろん、もともと知っていたわけではなく、子どもが平和学習を通して学んできたことを、親のほうが教えてもらった。慰霊の日の宿題は、「調べたことを話題にし、家族で平和について考えよう」というものである。

「平和なときに一番してはいけないこと、一番罪の重い犯罪ってなんだと思う?」「殺人!」「そうだよね。その一番ダメなことを、国をあげてやるんだから、戦争って本当に異常なことだよね」と、そんな話をした。

息子が三歳の年末年始、私の両親と一緒に、『飛鳥Ⅱ』でクルージングを楽しんだ。グアム、サイパンといった島をめぐるとき、その美しさと、かつて戦場であったということのギャップが大きくて、戸惑いを覚えた。

「戦争でどれだけの人が亡くなったと思ってるんだ。よくそんなところへリゾート気分で行けるな」という意見もあるだろう。だが、多くの現地の人たちは、観光で生計を立てているし、日本人が旅行を楽しめるというのは、まさに平和だからこそできることでもある。

慰霊の日の話題のひとつとして、特攻隊の話もした。若い命が失われたもっとも悲劇的な作戦のひとつだ。「燃料は片道ぶんしか積んでいなかったっていう話もあるんだよ」（但し、このことについては諸説あるようだ）と言うと、息子はしばらく考えて、ぱっと顔をあげた。

「だったら、中間地点でひきかえせば大丈夫！」

算数の問題なら正解だろう。うまいこと思いついたと言わんばかりの得意顔。だが、そんなこと、戦時中には、できるはずもない。できないどころか、口にしただけでも大変なことになるだろう。

そう思ったときに、私も気づいた。そんなふうにできないのが戦争だし、そんなことを朗らかに言えるのが平和なのだ、と。

息子が愛読している新聞のマンガが、四月二十八日をお祝いすることを、痛烈なパロディで表現していたことがあった。となり町の集団に負けてしまったヒーロー集団エイトマン。自由にしてもらう交換条件として、ピンクの豚をとられる。後に、首輪をされたままの豚も返されるのだが、エイトマンたちは、自分らが自由になった日をお祝いするのだ。

ピンクの豚は「えっ、ボクが戻った日じゃなくて?」とショックを受ける。

実はこれは長老が考えた話で「ワン(私)からしたらこんなイメージ」と言うのが落ちだ。

「どういう意味?」と聞いてくる息子に、サンフランシスコ講和条約(一九五二年四月二十八日に発効)のことなどを話した。沖縄が日本に返還されたのは、それから遅れること二十年の一九七二年五月十五日だ。戦争の傷跡がもっとも深く残る沖縄には、日常的に、平和を考える教材があふれている。

平和ならできることすべて積み込んで太平洋をめぐる客船

そのむかし魚であった子どもらは水、水、水に飽かず飛びこむ

息子と、友だちのA君が、ホテルのプールのウォータースライダーで遊んでいる。休憩をはさみつつも、かれこれ四時間。それでもまだ、飽きる気配はない。

すべりかたを工夫したり、ジャンプ力を競いあったり、他のグループの子どもとも何やらおしゃべりしたり。後で聞くと、周りの子どもや大人たちに、二人でひそかにあだ名をつけるという遊びも同時にやっていたらしい。「赤パンツ」とか「ニセ赤パンツ」とか「だんご三人組」とか「サングラスじいさん」とか、なかなか楽しそうだ。

A君を誘って、よかったな、と心から思う。実は、このホテルで、夕方から仕事が入った。せっかくなので、昼間、前々から気になっていたプールに行ってみることにしたのだ。息子は、とにかく水が大好きで、プール、滝壺、海……泳げるとなると目を輝かす。なので、親子だけでも楽しめるかなとは思っ

たが、「子どもは子どもとの遊びのなかで育つ。家族だけでラクせずに、友だちを借りてきてでも、子ども同士で遊ばせなさい」という児童精神科医の佐々木正美先生の教えを思いだし、A君に声をかけたのだった。

面倒なマイナス要素を考えればきりがない。ホテルのプールとはいえ、水の事故が百パーセントないとは言えないし、行きは連れていってやれるが、帰りは仕事が控えているので、A君のお母さんに迎えにきてもらわねばならない。片道三十分、ありがた迷惑ということも考えられる。が、子どもにとっての、夏の半日の充実を思って、A君のお母さんに電話した。

結果は、「小学校のプールが、今年は夏休み後半しか開放されないから、ものすごくストレスが溜まっていたの。お迎えなんて何でもないから、これからもこういうことがあったら誘ってね」と大喜びされた。

何より、プールサイドで見ているのが気持ちいいくらい、二人が生き生きしていた。親子では、残念ながら、こうはいかないだろう。

友だちをお借りするということで言うと、今年の夏は、さらに思いきったことをした。去年、息子は与那国島で馬の世話を体験したのだが、今年もまた行きたいと言う。息子を連れていってくれた近所のおじさん「フーさん」は、あいにく出稼ぎ中で今年の夏は留守。それなら、と、私が引率してやることにしたが、これも息子一人ではつまらないだろうと思い、仲良しの六年生のR君を誘った。彼は海人《うみんちゅ》の息子で、性格は温厚、家の手伝いもよくするしっかり者、魚の三枚おろしまでできてしまう。ウチにも何度か泊まったことがあるし、息子が先方の家に世話になったこともある。彼なら五日間、預かれそうだなと思った。

かくかくしかじか、と相談すると、本人もご両親も大変乗り気で、計画は私に任せてくれた。もちろん、息子は大好きなにいにいと一緒なので、いっそう張りきっての出発だ。

朝は六時前に起床、ボロと呼ばれる馬の糞のそうじに始まり、エサやり水やり、草の刈り取りなど、一通りの仕事をしてから、やっと朝食。観光客の予約が入っているときには、体験乗馬や海での馬遊びの手伝いもする。

「海では何やるの?」と聞くと「馬の尻尾につかまってお客さんが泳ぐでしょ。そのときにどばーってボロが出ることが多いの。それをすかさず網ですくってバケツに入れる」とのこと。子どもたちにも、乗馬などのごほうびを用意したが、毎日死んだように昼寝する姿を見ていると、かなりハードだったようだ。

それでも友だちと一緒だから、がんばれるし、楽しめるということがあるのだろう。しっかり者のR君は、言われなくても仕事を見つけるタイプで、牧場のスタッフが思わず「Rは、働くなあ」と言うのを耳にした。その様子が息子の刺激にもなったようだ。

与那国島には診療所しかないので、大きなケガでもしたら、ヘリコプターで運ぶしかないという。その話を聞いたときには、あらためて人様の子どもの命を預かっているんだなと身がひきしまる思いだった。細心の注意を払いながら、けれどこれからも、「友達を借りてきてでも」を実践したい。

馬に乗り海をゆく子が振り向きぬ
触れえぬ波光のごとき笑顔に

約束を守らぬ男の笑顔よし「ばっくれベン」と我らは呼べり

夏、一週間ほどの日程で、息子を連れてイギリスへ行ってきた。レドバリーという町での詩のお祭り。そこで短歌の話をしたり朗読をしたりする。

旅にハプニングはつきものだが、今回は、いきなり大きいのがきた。通訳者としてずっとついてくれるはずのベンという青年が、二日目でいきなり姿を消してしまったのだ。二年前まで日本にいたそうだが、初日に会った感じだと、思ったより日本語ができない。彼に短歌の翻訳までは難しいかもと思い、持参した『サラダ記念日』の英訳本を補助的に使おうと密かに準備しておいたのが、不幸中の幸いだった。

その町で日本語ができるイギリス人は二人だけ。一番うまい（とされている）彼のピンチヒッターとして、大学で日本文化を学んでいる女性が来てくれた。彼女との二人三脚で、なんとか形になったものの、こんなときには、つくづく思う。「もっと英語が話せれば！」

電子辞書を見ながら、必死で英作文をして、短歌の歴史などを、たどたどしく話す。この姿が、息子の反面教師になってくれればと願わずにはおられない。「こう見えて、お母さんは、高校生のときには福井県の英作文コンテストで二年連続優勝したんだよ」と言うと、「英語じゃなくて、作文がうまかったんでしょ」と完全に見透かされている。

そんな息子だが、英語を口にすることに関してはめっぽうシャイだ。行きの飛行機でも「飲みものを聞いてくるから、アッポージュースプリーズって言うんだよ」と教えたのに、いざとなると「お母さんが、頼んで！」と顔を隠してしまう。

旅も終わりに近づいたころ、これではいかんと思い、パブで意地悪をした。ポテトにつけるケチャップがなくなったので、追加を頼んでほしいと息子が言う。「自分でお願いしなさい。それがいやだったら、ケチャップなしで食べればいいでしょ」

「え、えくすきゅーず、みー。わんもあケチャップぷりーず」。たどたどしかったが、ケチャップ欲しさに勇気をふりしぼる息子。ニッコリした店員さんは、小さなパッケージのケチャップを二個も持ってきてくれた。「やったー！」この喜びが、英語を学ぶエネルギーになってくれるといいなと思う。

結局、通訳担当のベンはついに現れず、旅の後半に予定していたロンドンへの移動は自力ですることになった。乗り換えを含む三時間半の汽車の旅。結果としては、素晴らしい車窓からの眺めを楽しめて、彼に車で送ってもらうよりはずっとよかった。

黄金色の畑、まぶしい緑の樹木、教会やレンガ造りの家……イギリスの田園風景は、ほんとうに美しい。が、息子は「鉄塔が、マッチョだ！」と、妙なところに感心している。同じ風景を眺めていても、違うものだ。

意外だったのは、イギリス人がかなりアバウトだということで、通訳青年失踪に続き、ロンドンでのホテルも予約がされていないことが前日になって判明した。祭りの事務局に問い合わせると「あれ、レドバリーにずっといるのかと思ってました」と、とんちんかんな答え。祭りのあとは、ロンドンでのご滞在をお楽しみくださいって言ってたのにー。

ネットでホテルを探して予約を入れたものの、接続が途中で切れたことが原因で、結局夜中の三時ごろに電話でのやりとりになってしまった。息子がトイレに起きた気配を感じたが、こっちは必死なので、電話に集中していた。なんとか予約の確認ができたところで振り向くと、まだトイレにいる様子。ずいぶんかかるなと思ってのぞいてみると、今まで目にしたことのない光景が飛びこんできて、私は心底びっくりした。

息子が、洗濯をしていたのだ。聞けば、半分眠りながらのおしっこで、パジャマのズボンを汚してしまった。けれどお母さんは、なんだか取り込み中で大変そうだ。というわけで、自分で洗ってみた……。ふだんまったくそういうことをしない（させていない私も悪い）息子だ。よほど鬼気迫る背中を見せていたのだろう。

「干して」と手渡されたパジャマは、絞りかたが弱くて、ぽたぽた水が垂れている。受け取る私の目からも、思わずぽたぽた水が垂れそうになった。

「大変」が「楽しかった」に変わるとき

旅の終わりを知る南風

藁《わら》をとり拝めるごとく手をすれば
おばあの指から縄が生まれる

息子の通う学校は、小学生十二名、中学生四名の小規模校だ。秋の運動会は、当然児童生徒だけでは成り立たず（子どもだけだと、ほぼ全種目全員が出ずっぱりになってしまう）、地域全体のお祭りという感じになる。

千メートル走には、足自慢の近所のおじさんや、帰省してきた大学生、隣の小中学校の先生までが参加する。名物の「縄ない競争」では、おじい、おばあが大ハッスル。目の前の藁を制限時間内で魔法のように縄にしてゆく様子に、子どもたちは釘づけだ。未就学児童の可愛いかけっこを見て、ゆくゆくの入学をみんなが楽しみに思う。綱引きや玉入れは、児童生徒だけでは迫力不足ということもあるのだろう、地域の人たちも一緒に参加して盛り上げる。

児童生徒が中心になる競技では、出場者よりもずっと多い観客の声援が飛び交う。見ている地域の人全員が、まちがいなく子どもたちをよく知っている。

そんななか、目玉のひとつであるエイサーを、今年も子どもたちが披露してくれた。琉球の音楽に合わせて、太鼓を鳴らしながら踊る、勇壮な舞いだ。我が息子は、もともとダンスが大好きで、地域のお祭りなどではいつも「センター」に陣取って、拍手をもらっている。

が、今年は少し様子が違った。運動会が終わってからの「ぶがりなおし（大人たちの打ち上げみたいなもの）」のときに、何人もの人から言われてしまった。

「おたくの息子、今年は踊りにキレがなかった！」

実は、体調が万全ではなかったのだ。運動会の一週間前からおなかの風邪をひいてしまい、体重が二キロ近く減っていた。とはいえ、当日には熱もなく弁当も元気に食べられるほど回復しており、他の競技にもすべて参加できたので、ほっとしていた。が、そういう表面的なことではなく、踊りのキレで、体調を見抜かれたことに、私は驚いた。それほどまでに地域の人たちが、息子のことをちゃんと見てくれているのだなあとあらためて思う。

実は運動会の前日、私は日ごろ親しくしている近所のHさんに説教された。息子と私は、以前から「きいやま商店」という石垣出身のバンドの大ファン。久しぶりに地元でのライブがあるということで、体調の復活した息子をともなって行こうとしていたのだ。

これだけ書くと、「運動会の前日に、病みあがりの息子を連れてライブとは、けしからん！」と思われるだろう。私とて、ただ浮かれていたわけではなく、本来なら親子でライブをあきらめるべきだと考えていた。が、今回はいささか事情があった。そのライブに合わせて、東京の友人が石垣に来ることになっており、しかも彼女はバラエティにひっぱりだこの芸能人。小さな公民館でのライブに一人で行かせるには、あまりに顔を知られているし、さまざま不安がつきまとう。公民館が近いこともあり、ウチのマンションに泊まってもらい、一緒に出かける手はずになっていた。

快復した息子は、もちろん行きたがるし「ま、いっか。若いし、なんとか乗り切れるよね」くらいの気持ちでいたのだが、コトの次第を耳にしたＨさんから「何考えてんだ！」とお叱りの電話がかかってきた。

かくかくしかじかと状況を説明すると「おまえさんが行かなくてはならないのは、わかった。だが息子は置いていけ。ライブで体力消耗して、寝不足で運動会に出て、ケガでもしたらどうする！」。

というわけで息子はその晩、Ｈさんのお宅で早めの晩ごはんをご馳走になり、早々に寝かせられ、翌朝は元気いっぱいに登校したのだった。お母さんだけライブに行ってずるいと怒るかと思ったが、拍子抜けするほど素直にしたがったことを思うと、やはり体力に自信がなかったのかもしれない。それを見抜けなかった自分を恥じるとともに、Ｈさんの愛情あふれるお叱りに、胸が熱くなった。

石垣に引っ越してきて、まもなく三年になる。低学年のうちは、こういうところもいいなと思い、中学年もここで過ごし、来年は五年生になる。今は、地域の人たちに見守られたこの環境のなかで卒業させてやりたいと思うようになった。

教育の半分は「育」
日当たりのよきベランダに鉢を並べる

海上を巨大な鳥の這うごとし
風に流れてゆく雲の影

息子には、一歳年下の仲良しのいとこがいる。たまに電話でも話すのだが、先日彼が、ついに勉強部屋を作ってもらったと言って、嬉しそうにしていた。我が家では、いまだにダイニングテーブルで宿題をしている。小学四年生、先月には十歳になった。そろそろ自分専用の空間も欲しいかなと思い、一念発起して模様替えを行った。

いま借りている部屋は１ＬＤＫなので、独立した勉強部屋は作ってやれない。ただ、出窓のところに三畳ほどの空間があって、そこを仕切ればちょっと部屋らしくなりそうだ。私の本と資料で埋もれ、納戸のようになっているところを、必死で片づけた。身長より高い本棚も、別の場所に移動させた。そして突っ張りポールを天井にわたし、レースのカーテンをとりつけるというプチ日曜大工まで。我ながらそんなことができるとは驚きだ。子どもというのは、親の能力を無理やり引き出してくれるものだなあとあらためて思う。結果、リビングの隅に、半独立の部屋が誕生した。

マンションの目の前は海なので、出窓からの眺めは申し分ない。晴れた日にはコバルトブルーの海が広がり、大きな雲の影が海上に映っていることもある。潮の満ち引きなどの変化も楽しめる。

部屋が欲しいかと聞かれ「どっちでもいい」と、そっけない返事をしていた息子だが、いざできてみると、まんざらでもないようだ。遊びにきた友だちに、さりげなく「あ、そこ、オレの部屋だから」と言ったときの口元が、明らかに緩んでいた。

苦肉の策ではあったが、完全な個室よりもよかったかなとも思う。宿題をしながら「群馬県の県庁所在地は…えっとえっと、やつはし？　あれ、オレかなり腹減ってる」なんてつぶやきが聞こえてきたりする。この距離感がいい。

「群馬の県庁は前橋でしょ……やつはしは京都の銘菓！」と言いながら、学習雑誌の付録にあった、県庁所在地つきの日本地図を、すぐ壁に貼ってやった。すると背後で「だって今、ぐうの音も出ないんだもん」と息子が口をとがらせる。私に指摘されて、ぐうの音も出ないということか？　なんだか使い方がおかしい。

「あなた、それ、意味わかって言ってるの?」「ぐうの音?」「そう、ぐうの音も出ないってどういうこと」「めちゃくちゃに腹が減るとさ、おなかの虫も鳴かないじゃん、そういうんでしょ」

漫才のネタか！　とツッコミたくなるような返事だが、ここはしっかり辞書をひいてもらおう。やはり小学生のうちは、ちょこちょこ親が面倒をみてやる必要を感じる。

学校の宿題で、日記を毎日書いているのだが、慣れもあってか、パターン化した書き方になってきているのも気になるところだ。特に「いろいろ楽しかったです」「いろいろなことをしました」「いろいろ話せておもしろかったです」といった言い回しが目につく。

「いろいろって、どういうこと?」と聞くと、「いろいろは、いろいろだよ」。

「それじゃ、よくわからない」

「だって、実際にいろいろだったんだから、いろいろって書いて、何が悪いんだよう」

「あなた、学校から帰ってきたら、まず今晩のおかず何？　って聞くよね」

「うん」

「その時おかあさんが『いろいろ』って答えたら、おかずのこと何もわからないでしょ。いろいろっていうのは何も言ってないのと同じなの」

これは非常に腑に落ちた様子で、「なるほどー！　おかあさん、説明がプロっぽいね！」とほめられてしまった（いや、プロなんですけど）。

「ぐうの音も出ない」の意味を間違えて腹減りざかりの男子十歳

川遊び始める子らを見ておればルール考えることから遊び

横浜に住む小学三年生の甥っ子が、初めての一人旅で石垣島に遊びにきた。息子とは一つ違いのいとこ同士で、幼いころからの遊び相手だ。

一人旅といっても、羽田で飛行機に乗せてもらい、石垣空港で私たちが出迎えるので、迷子になる心配はない。飛行機の場合、途中で降りることはできないし、子どもにはCAさんが張りついてくれるので安心だ。

都会っ子の甥は、空港からの景色に目を輝かせている。「牛だ！　牛がいる！」「高い建物がないなあ」「ねえ、これは何の畑？」

一面のサトウキビ畑を見ながら、この植物から砂糖を作るのだと教えてやった。

「茎を搾った汁を煮つめるんだよ」

「じゃあ、茎は甘いの？」

隣から息子が、得意げに答える。

「かじると、すっごく甘いんだぜ」。するとすかさず「かじりたい！」。

ちょうど空港から我が家へ向かう途中に、懇意にしている果物屋さんがある。そこではサトウキビのジュースも売っているので、立ち寄ってみることにした。事情を話すと、そういうことならと、ジュースにする前のサトウキビの茎を出してきてくれた。細めの竹に似た茎の皮をナイフで削ると、フキのような中身が残る。

「さあ、どうぞ」

おそるおそる、しがみはじめた甥っ子だが「あまーい！」と満面の笑み。がしがし噛《か》んで、ちゅうちゅう吸って、最後は繊維だけが残った。

我が家の前は入り海で、マングローブが群生している。タコの足のように根を四方八方に伸ばし、体を支えているその奇妙な姿にも、彼は釘づけだ。

「ああいうところに生えている植物全体をマングローブって言うんだよ。マングローブっていう名前の植物じゃなくてね」。ここでも息子は先輩風を吹かせている。翌日は、その海で遊ぶことにした。

川が海へ流れこんでいる場所があり、息子たちはそこで木のきれっぱしを舟に見立てて、流す遊びに熱中している。「かたつむり号」「葉っぱ号」などと名前をつけ、どちらが先に海に到着するかの競争だ。

「行け！　かたつむり」

「そこだ！　葉っぱ……あーひっかかっちゃったよー」

中洲があったり、岩があったりするなか、障害物を乗り越えて舟は進む。そのうち、自分たちで流れの道筋をつけてみたり、一回までは相手の舟に石を投げて妨害してもいい、などと決め、ルールは複雑化していった。舟に適した木の形なども吟味している。傍で見ている私は、遊びって、これだよね、と思う。

間近で見るマングローブにも、甥っ子は興味津々。

「川の水が来てるから、ここは真水なの？」と核心をついた質問をしてくる。

「いいところに気がついたね！　川の水と海の水が混ざりあう、こういう中間点で生きることができるのがマングローブだよ。海の水の塩っけがあるから、他の植物は生きられない。マングローブも塩が好きってわけじゃないけど、他の植物が生えないから、ほらこのあたり全部、自分たちの陣地にできるでしょ」

こうなったらもう、本格的な理科の授業である。教えたがりの伯母さんは、ついつい張りきってしまった。

甥っ子は、リビングから見える潮の満ち引きにも、非常に関心を示した。午前中、自分たちが遊んでいた場所が、午後には満々と満ちた海で消えてしまうのだから、びっくりだ。

「大潮っていう日は、ずーっと向こうまで潮が引くわけ。その前の日に網をしかけておくと、潮が引いて逃げ遅れた魚がびちびち跳ねてるから、手づかみで捕れるさー」。息子は、その刺し網漁を何度も体験させてもらった。

話を聞いて、身もだえしている甥っ子を見ると、我が息子は自然に対してずいぶん慣れたというかスレたというか。いとこの様子に刺激を受けて、このぜいたくな環境を再認識してくれただろうか。まあ、それをぜいたくと感じないことこそが、一番のぜいたくなのかもしれないが。

子どもらはマングローブの森に消え「あった」とかすかな声が聞こえる

「オレがいまマリオなんだよ」島に来て子はゲーム機に触れなくなりぬ

石垣島に来て、まもなく三年。ゲームの主人公のように自然を満喫するマリオだった息子も、ゲームへの興味関心を再燃させている。私がアイパッドを購入したことや、昨年転校してきたクラスメートがＤＳ（ポータブルなゲーム機）を持っていることなどが刺激の要因のようだ。ちなみに息子の通う小学校で、ＤＳを持っているのはその子だけだと言うと、都会の友人はほぼ絶句する。今の子にとって、ゲームは当たり前に存在するものなのだなあとあらためて思う。

同級生たちも、親のスマートフォンを借りて、無料ゲームを楽しんでいる。私はスマホを持っていないので、アイパッドを貸してくれとせがまれる次第。だらだらやらせていると、きりがない。今どきのゲームというのは、よほどよくできているのだろう。とにかく、どんな子どもも夢中になっているのが傍から見てもわかる。

ルールを決めないとマズイなあと思い、息子と話し合った。我が家では「マンガを読んだら、同じ時間、字の本も読む」というルールがあるので、それにならって「宿題以外の勉強をしたら、同じ時間、ゲームをやってよし」ということで、とりあえず始めることにした。わかりやすい「アメとムチ」で、芸がないような気もするが、単純に「一日三十分」と決めるより、多少メリットはあるように思う。

宿題以外の勉強としては、小一から購読している通信教育の教材に、まず取り組むようにしてみた。毎月毎月、読み物のところだけ読んで、ドリルやテストにはほぼ手をつけていないというていたらくだったので、いい機会である。

息子も納得してやっていたが、あまり楽しそうではない。気になってその問題を眺めてみると、宿題の延長というか、宿題と似たり寄ったりの内容だ。

一番の問題点は、そのテキストが、学校の教科書に完全に準拠していることだと気づいた。特に国語などは、教科書と同じ文章を読み、学校のテストと同じような質問がなされている。「これは、飽きるなあ」……四年間も購読していて、今ごろ気づいたというお粗末な話ではあるが、プラスアルファの勉強としては魅力に欠ける。

そこで市販の、教科書をほぼ無視しているとしか思えない、中学受験用の問題集を買ってみた。算数が苦手な私からすると、ぎょっとするような難しい問題が並んでいて、これを小学生が解いているのかと思うと啞然とする。が、その中でも、難易度の低いものをやらせてみると「パズルみたい」と息子は喜んだ。つるかめ算で、ツルの足を四本として計算していたのには笑ってしまったが。

国語は、これも文章題のレベルは高すぎる（というか、受験技術が必要）ので、日本語に関する部分だけをピックアップしてやらせると、面白がる。言葉の成り立ちを調べたり、反対語をつくる問題などである。

ドリルや問題集を、子どもに丸投げするのではなく、多少自分も関わってみると、息子の弱点や興味のありどころがわかるようになってきた。今の力より、ほんの少し難しいレベルがいい。息子も、これを「おかべん（お母さん勉強）」と呼んで、案外楽しみにしている節がある。もっとも、そのぶんゲームができるというアメの部分が大きいのだろうが。「今日のおかべん、何？」と、まるで夕飯のおかずでも聞くように尋ねてくる表情は、悪くない。

そもそもは、ゲーム対策として考案したことだったけれど、子どもが今、学校で何をどんなふうに勉強しているかを知るのは、なかなか大事なことだと実感した。知らないと、補ってやることもできない。

「おかべん」を、もっともっと面白くして、アメとムチではなく、アメとアメにしてやれないかなあというのが、目下の私の野望だ。ライバルのゲームは手ごわいが、それ以外にも楽しいことがあると教え、充実した時間を過ごせるように工夫するのも、現代の親のつとめではなかろうか。

ツルの足四本と思いこみしゆえ 永遠《とわ》に解けない問三がある

五年生

子のおらぬ週末

脇腹に規則正しく打つ杭のゆくえも知らぬドラムの響き

息子が、ドラムを習い始めた。初めてドラムに触ったのは、二年くらい前。石垣島の小さなライブハウスで、終演後、そのままそこで始まった打ち上げに、親子で参加したときのことだ。ライブ中から、息子はドラムに心惹かれたようで、見よう見まねで両手を動かしていた。その様子が舞台のほうからも見えたのだろう。小学生の息子さんがいるというドラマーのKさんが、気さくに話しかけてきてくれた。

「興味あるの?」「うん!」「じゃ、ちょっとやってみるか」「えっ、いいの?」

そんなやりとりのあと、ごくごく簡単な叩きかたを教えてもらい、息子は何度も何度も繰り返していた。以来、ライブに行くときは必ずドラムの見えるところに陣取って、両手を動かしながら演奏を聴いている。

しばらくは、そんな状態で満足していたのだが、今年になって転機が訪れた。石垣島では、毎年「八重山地区音楽発表会」というのが開かれる。小中学生が、それぞれ工夫をこらした合唱や合奏を市民会館大ホールで発表するというもので、教育委員会も共催、今年で六十回を迎える行事である。

息子の小学校は、児童十一名の小規模校ということもあり、全員で合唱というのが例年のパターンだった。が、今年赴任してきた担任の先生に、息子が「オレ、ドラムできますよ」と言ったらしい。

「できるって言ったって、Kさんにちょこっと教えてもらっただけじゃないの」「そうだよ。だから、できる!」

根拠のない自信は、親譲りか……。その言葉がきっかけになり、じゃあ合奏に挑戦しようかと盛り上がった。よくよく見回せば、母親がヴァイオリンの先生で幼少期から仕込まれている子、太鼓のうまい子、ピアノを弾ける子、フラダンスを習っていて鈴や打楽器をチャーミングに打てる子……息子はともかく、意外と役者が揃っている。担任の先生も、音楽の心得があって、一人一人が見栄えのするようなアレンジを考えてくださった。

曲目は「にんじゃりばんばん」。当日、初めてその演奏を聴いた私は、心底びっくりした。親バカを差し引いたとしても、すばらしいできばえだ。会場から自然に手拍子が湧きおこり、最後は指笛まで鳴っての盛り上がりは、他にはなかった。動画を撮っていたので保護者だとわかったのだろう、近くにいた教育委員会の人からも「いやあ、なかなかやりますね」と、わざわざ声をかけられたほどである。

いつの間に、こんなにできるようになったのかと息子に聞くと、昔バンドをやっていた先生がいて、マンツーマンでドラム指導をしてくれたそうだ。マリンバや木琴担当の児童の腕前を見ても、先生方の熱意がひしひしと伝わってくる。そして十一人の息が、ぴったりだった。

小規模校のよさの一つは、こういうところだろう。児童のヤル気や技量に応じて、柔軟に、そして時には徹底的に対応ができる。発表会が近づいた週など、放課後の練習だけでなく、時間割が午後全部「音楽」となっている日があったりして、勉強は大丈夫か!?　と思わなくもなかったが。しかし勉強以上のものを、子どもたちが得たことは確かだろう。舞台を去るときの晴れがましい顔といったらなかった。

その音楽発表会の話をすると、Ｋさんが「ボクの師匠が、ドラム教室やっていますよ」と紹介してくれた。もちろん息子は「やるやるやる！」。

習い事は、ある程度の向き不向きを、親が見極めてやる必要があるように思う。私は八年間ピアノを習ったが、苦行以外のなにものでもなかった。ひたすら真面目だったから、小学六年生でソナタまで進んだが、身についたのは忍耐力だけ。努力が足し算にしかならない習い事だったのだ。向いているものなら、努力が掛け算になる。

息子に「野球やサッカーだったら、あんたは足し算にしかならないけど、ドラムなら掛け算になりそうな気がする」と言ったら、ほめたつもりが「失礼だな！」と怒っていた。どうやら運動神経についても、根拠のない自信があるらしい。

子のドラム　ドンドンタッツードンタッツ
「シャーン」のところで得意そうなり

はつなつの汗光らせて五年生絵札を「顔のひと」と呼ぶなり

「おかあさん、トランプのスピードできる?」。帰宅した息子が唐突に言った。「あー、赤と黒に分かれて、場に出ているカードの数字つなげていくやつね」「それそれ! 勝負しよう!」

手持ちのカードが先になくなったほうが勝ち。そのスピードを競うトランプゲームだ。二つ上の学年のにいにいに、なかなか勝てなくて悔しい思いをしているらしい。息子と私の初めての対戦では、息子の圧勝。練習相手にもならないのでは親としてふがいないので、こちらも本気モードに。翌日には昔の感覚が蘇り、何回かに一回は勝てるまでになった。息子のほうも、私との練習試合が功を奏したか、念願の一勝を、にいにいからもぎとったとのこと。

以来、気が向けば親子で対戦しているが、勝負に熱くなると言葉のやりとりも激しくなる。

「少しは高齢者に気をつかいなさいよ!」「子ども相手に、大人げないな!」

この本気がいいのである。我が家では、ちょっとしたトランプブームになり、セブンブリッジ、51、ポーカーなど、二人でできるゲームを調べては楽しむようになった。

ルールを理解するだけでなく、作戦を考えたり、相手の捨て札を覚えたり、けっこういい頭の体操になるものだ。すべての遊びは、広い意味での学びだと思うが、トランプは狭い意味でも学ぶところが多い。

よし、子どもたちにトランプを流行らせてやろう、と思い立った。我が石垣島は、自然が豊かで外遊びには事欠かないが、そのぶん知的な遊びになかなか目がいかないような気がする。

息子の通う小規模校は、全校児童十一名。遊ぶとなると異なる学年もみな一緒だ。だから、あまり複雑なルールのものは適さない。大勢で遊べて、頭をつかい、ルールはシンプルなもの……ババ抜き、7並べ、基本をおさえた後、これだ！　というゲームにたどりついた。

私自身も子どものころ大好きだったトランプゲーム、それは「大貧民」。低学年には少し難しいので、ルールを紙に書いて、いつでも見られるようにした。上の学年と遊びなれているので、予想以上に理解が早い。

週末ともなると、ウチには必ず三、四人、多いときは七、八人の子どもが遊びにやってくる。トランプおばさんと化した私は、順次子どもたちにルールを教え、慣れるまでは自分も参加した。

「大貧民」は、最初の一回が重要で、初回にトップになると「大富豪」、二位は「富豪」と呼ばれる。逆に最下位は「大貧民」、ブービーは「貧民」となり、二回目からは、強いカードを富豪たちに献上せねばならず、そのうえ弱いカードを押しつけられる。明らかに不利な状況のなか、大貧民と貧民はスタートするわけだ。

子どもたちのカードの出しかたを見ていると、なかなか興味深い。たとえば、大富豪になって強いカードがたくさんあるものだから、あとさき考えずにポンポン出してしまう子。最後になって、弱いカードが手元に残り、あっというまに貧民になってしまった。

「いくら金持ちでも、考えて使わなきゃね」と上級生に笑われる。

ずっと平民（富豪でも貧民でもない中間層）の地位をキープしている子は「手堅いな。公務員って呼んでやるよ」などと言われている。大富豪になると急に尊大な口のききかたをしたり、逆に大貧民になって卑屈な物言いをしたり、演劇的な楽しみかたも自然発生的に生まれた。

週末の子ども集めて花びらを配れるごとしトランプおばさん

人間はみな平等と言いながら、持っているものに厳然たる差があったり、持たざる者にもチャンスがめぐってきたり。まさに人生の縮図のようなゲームである。私はあるとき、負けてばかりいる低学年のR子に同情して自分が出すカードの順番を変えたために、貧民に転落してしまった。

「自分の心配を先にしなきゃね、万智さん！」と上級生。「いいえ、情けは人のためならず。R子ちゃん、この恩、忘れないでね」

聞けば、他の家でも大貧民で遊んでいたら、そこんちのパパが参戦してきたとか。子どもだけでなく、大人にも流行るかもしれない。

マイネームをマヨネーズと言い子は笑う
島の小さな英語の時間

昨年、息子を連れてイギリスに行ったが、そのときよりも、英語に興味を持たせるできごとが、ここ石垣島で起こっている。

カウチサーフィンというシステムを知ったのは最近のこと。近所に住む若い夫婦が、時おり外国人を泊めているので「顔が広いね」と言ったら、泊めているのは見ず知らずの人だと言う。「ネット上で、そういうシステムがあって、逆にぼくらが海外旅行するときは、現地の人に無料で泊めてもらうんですよ」とのこと。

ネット、見ず知らず、無料、宿泊!?　はじめは大丈夫なんだろうかと思ったが、よくよく聞いてみると、うまくできた仕組みのようだ。外国で現地の人に泊めてほしいという旅行者と、ホストになって泊めてあげてもいいよという人。それぞれが登録して、条件があえば成立。ホストについては、これまで泊まった人からの評価や感想が一覧になっているので、そこをじっくり読めば、どんな感じかは大体わかる。

ネットを介した草の根的な国際交流という印象だ。私たちの住んでいる地域は、石垣島のなかでも、観光で泊まるという人はまれ。若夫婦のところに来る旅人は、近隣の人たちの歓迎も受け、なかなかディープな旅をエンジョイしているように見える。

そのカウチサーフィンで、韓国人女性とドイツ人男性のカップルが、しばらく滞在していた。なんとなく流れで、我が家で飲み会をしようということになり、若夫婦とそのカップルがやってきた。

海外で人の家に泊まるくらいだから、みんな英語はぺらぺら。私一人が片言ながらも、楽しい時間を過ごした。御一行様が帰ったあと、息子がポツリ。「英語の国の人、一人もいなかったね」

はっとした。そうだ、英語を母国語としている人はいなかった。「それでも英語ができれば、韓国の人ともドイツの人ともしゃべれちゃうんだから、英語ってすごいよね」と言うと、非常に腑に落ちた様子である。


そのうち若夫婦に影響されて、カウチサーフィンに登録する人が近所でも現れたものだから、外国人滞在率がますますアップ。せっかくなので、子どもたちに英会話教室のようなものをしてもらおうという機運が盛り上がった。小中学生のいる家庭が、場所を提供してくれることになり、あっというまに「チェリーさんの英語教室」は実現した。

チェリーさんは、二十歳のアメリカ人で、新たにカウチサーフィンに登録したご夫婦の家に滞在している。無料で泊まっているということもあるだろうが、快く引き受けてくれた。

世界地図を使って、出身のオレゴン州の場所や気候風土の説明。あいさつや、簡単な自己紹介のしかた。英語を用いたゲームなどなど。子どもたちは、我さきに手をあげ、生き生きと参加している。ティータイムには、彼女の周りにみんなが集まる。特に女子は、チェリーさんの素晴らしいブロンドの髪に触ったりして、興味津々だ。片言の日本語で、ワカメと京都が好きなことなどを話してくれた。日本のアニメにも非常に詳しく、ワンピースやアンパンマンといった言葉が、彼女の口から出るたびに、子どもたちはびっくり。

三回ほどお願いした英語教室。息子に感想を聞くと「やっぱり中学生は違うなー。なんかやりとりがスムーズだった」と、うらやましそうにしている。「授業で、ある程度文法をやってるからね。手っ取り早く理解するには、やっぱり知識って大事だよ」と、ここぞとばかりに教育的発言をする私。しかし、結局一番大事なことは息子に言われてしまった。

「オレにも、いつかチェリーさんみたいに『大好きな国』ができるかな」

そう、それが語学上達のための、たぶん何よりのエンジンだ。

アメリカのアイドルのようにチェリーさん
アニメ「アキラ」を熱く語りぬ

赤瓦の屋根に上りて子は雲と話しているか
おーい、おおーい

仙台に住んでいたころのママ友から、久しぶりにメールが来た。そのなかに「娘が塾の宿題で、まちさんの文章が載っていたって大騒ぎ」という一節がある。自分の文章云々より、小学五年生が塾通いをしているんだ、さすが都会だなあと軽く驚いた。同じ五年生の息子ときたら、犬ですか猿ですかというほど、毎日遊びほうけている。若干不安にならないでもない。そのメールの女の子は、小さいときから利発だったから、学校の授業についていけないとは思えず、むしろ積極的に中学受験でも考えておられるのかもしれない。仙台には私立中学校があるし、公立の中高一貫校もできたと聞く。

さらにさかのぼって思い出せば、東京に住んでいたころ、マンションの同じフロアに中学生のいる家が三世帯あったのだが、全員違う私立中学校に通っていた。あの子たちも、受験したのだなあと思う。

興味が湧いたので、少し調べてみると、中学受験は、親の受験とも言われているようだ。試験を受けるのは、もちろん本人だが、そもそも受験して入る中学校があることや、どんな勉強をしなくてはならないか、親がまず知らなくては始まらない。加えて、子どもが幼いぶん、大学受験などとは比べものにならないほど、親のサポートが必要になってくる、そういう意味でも「親の受験」なのだろう。

つまり親がまずその気になるかだろうが、「その気」の根っこにあるものはなんだろう。特徴のある教育をしている私立で学ばせたい、中高一貫であれば高校受験はしなくてすむ、大学まであればエスカレーターで行ける、優秀な生徒のいる学校で切磋琢磨させたい、などなど。なんだか、なかなかいいような気がしてきた。

では、どんな勉強をしなくてはならないのか。試しに有名どころの入学試験問題を、のぞいてみた。そして、のけぞった。

むずかしい！　正直、小学生が解く問題とは思えない。算数と国語に関しては、以前このエッセイにも書いたように、ゲーム対策として市販のテキストをやらせているので、うすうすは感じていた。が、さらに社会や理科となると、こんな問題を解ける子どもが、中学校であと何を勉強するんだろうと思うほどのレベルである。

もちろん、全教科満点をとる必要はないが、こういうレベルの対策はとらねばならないわけで、そうとうな努力が強いられることは間違いないだろう。

実は、「その気」について考えたときに「中学校は義務教育だから、もし落ちたとしても公立には自動的に入れる」というメリットも頭をかすめた。我が息子も、挑戦だけでもさせてみようかしらん、と一瞬思った。が、そんななまやさしいものではなさそうだ。

子どもの性格や親のモチベーションにもよることなので、いちがいには言えないが、ウチは「ナシ」だなと思った。息子本人にも、この件について説明してみたところ、ヤツらしい返事がかえってきた。

「オレ、やればできそうな気がするけど（↑根拠のない自信）やらないよ。だって、遊びたいもん。いつ遊ぶの？　今でしょ！」

そうなのだ。よく学び、よく遊べというが、小学生のこの時期、むしろみっちり遊ぶことのほうが大切なのではないかと私も感じている。机の上の勉強は、あとから取り戻せるけれど、自然や友だちと遊ぶことは、成長してしまってからでは補えない。

同じように、児童文学との出会いも、時期を逸しないようにしてやりたい。

大人になってから『ロビンソン・クルーソー』とか『海底二万海里』とか、なかなか手にとりにくいだろう。ほんとうは大人が読んでも面白いのだが、大人になっても児童文学を愛している人は、やはり子ども時代にきちんと出会っている人のような気がする。幸い息子は、本を読む根気はあるようで、ベルヌの『神秘の島』上下巻を読破して、驚かせてくれた。

大木があれば走って登りだす男子よろしき島の休日

子のおらぬ週末の夜の白ワイン
手持ちぶさたな時間味わう

宮崎県に「木城えほんの郷《さと》」という素敵な場所がある。緑豊かな広大な敷地に、絵本の美術館と図書館、劇場や宿泊用のコテージも兼ね備えた、その空間自体が絵本の世界のようなところだ。私が文章を担当した絵本『富士山うたごよみ』の原画展がきっかけで知ったのだが、一緒に行った息子が「あそこにまた行きたい」と言う。

というわけでこの夏、えほんの郷が主催する「10才のひとり旅」という企画に、参加することにした。小四から小六くらいが対象の、子どもだけで過ごす四泊五日のワークショップ。息子は沖縄からの参加になるので、一緒に参加する宮崎のお友だちの家に、前後泊させてもらう。つまり六泊七日。飛行機にも一人で乗っていく。こうなると私のほうが寂しいやら切ないやらで、親にとっても心の一人旅を感じる一週間だった。

携帯電話は没収で（もともと息子は持っていないが）、期間中子どもとの連絡はとれない。台風が来たりもして、いろいろ心配の種はつきなかったが、無事、元気に帰ってきた。

前のめりに、あれこれ尋ねたい気持ちをおさえながら、どんな日々だったのかを聞きだす。とりあえず「来年も行きたい！　いや冬休みにまた行きたい！」という言葉から、ほんとうに楽しかったんだなと思う。口では「楽しかった」と言っても、次回はどっちでもいいと言ったりする場合は、それほどでもないことが多い。びっくりしたのは「なんて言ったと?」「あ、なまっちょる」など、しゃべりかたがすっかり宮崎っぽくなっていたことだ。子どもの吸収力、おそるべしである。

まずは子どもだけで泊まったコテージの話がつきない。消灯時間が過ぎても、おしゃべりは終わらず、替え歌をみんなで次々に作ったり、自分の知っている面白い話を披露しあったり。最終日の夜は「誰もいないはずなのにコンコンと窓をノックする音がした」と大騒ぎだったそうだ。

あるとき「注文の多い台風パーティ」の招待状が、子どもたちのコテージに届いた。中を見ると、画用紙をはじめさまざまな素材・道具が入っていて「○時までに仮装して、体育館に集合してください」とある。

海賊、鎧武者《よろい》、森の精……。息子は仮面の怪盗に変身したそうだ。「注文」は、それだけでなく「とにかく無茶ぶりのオンパレードなんだよ！」と嬉しそう。和太鼓の演奏をさせられたり（和太鼓奏者のかたのオリエンテーションは前日に受けていた）、ハードルの高いスピーチを要求されたり。乾杯の音頭をと言われた息子は、間髪をいれずに「乾杯！」とやり、青年スタッフのほうを慌てさせたとか。

一緒に参加した宮崎のお友だちとは、ふだんからも電話で「本の情報交換」をしている。息子が最近夢中になった『ユリシーズ・ムーア』全六巻やエンデの『モモ』は彼女たち（双子の姉妹だ）に教えてもらったもの。『モモ』と同じ作者のものが読みたいというので、『はてしない物語』の豪華本を購入した。それが、彼女たちの部屋にもあった！　と興奮気味に話す息子。小学五年生同士、「おぬし、やるな」と顔を見合ったことだろう。

指には、やけどの跡もつくってきた。「焚火が終わってずいぶんたったのに、石は熱かった」。それもまた、学んだことだ。

さて、息子を空港で迎えたのがお昼頃。食事をして、街でのんびり買い物をして家路についたので、帰宅は四時近くになってしまった。マンションの前でタクシーを降りると、すーっと近づく一つの影。

「うおー、けんと！」と息子が声をあげる。同じクラスの仲良しの男の子だ。「お昼の飛行機って聞いたから、待ってたんだよー」半べそをかきながらも、嬉しさで顔をくしゃくしゃにしている。炎天下、数時間待っていてくれたのだ。抱き合わんばかりの二人を見て、なんだか胸が熱くなった。新しい友だちができたこともよかったが、こうして身近な友だちを再認識できるのも、旅のよさだ。

一週間の旅から帰る十歳の
瞳にうつる日常の青

病室の窓から見えるサトウキビ畑の中の自販機の赤

　今、病院の三階の一室でこれを書いている。夏の家族旅行から帰ってきた翌日、息子に高熱と下痢の症状が出て、三日間ほど通院して点滴をしてもらった。が、容態はますます悪くなるばかり。とうとう入院ということになってしまった。途中、二回もインフルエンザの検査をしたが、結果はシロ。見た目の具合が、それほど最悪な感じだった。

　入院してからは徐々に快復し、今日は五日ぶりに口から食べてみましょうということになり、ほっとしたところだ。ふだんは元気がありすぎるくらいの息子なので、入院当初は私も食事を忘れるほど動揺したが、しばらくすると「懐かしいな、この感じ」と思うようになった。

「トイレ……」の声で、夜中も二時間おきに起こされる。お尻を拭くとき、お湯でしめらせたペーパーにすると嬉しそう。眠るときは、そばで手を握ると安心する。そう、乳児期の育児を久しぶりにリアルに思い出した。せめて四時間、続けて眠ってみたいものだと思いながら、二年近くこのような状態だったっけ。世のお母さんたちは、もっと理解され、優しくされるべきなんじゃないか……などと、うつらうつらしながら考える。

いっぽう、あの頃と大きく違うことが一つある。それは「言葉」だ。病気のせいで、おそろしくワガママな息子。ベッドの柵の下げかたが遅いだの、点滴の機械のひっぱりかたが速いだの、ロッカーの開け閉めの音が耳障りだの、私のTシャツの文字を見ていると頭痛がするから着替えてくれだの、言いたい放題。でも、不機嫌の理由が分かるだけマシである。へろへろになりながら、なんとか対応していると、あるとき息子がぽつり。

「……ごめん。おかあさんだって大変なのに……ありがとね。こんなオレ、イライラする?」

うん、イライラする！　でも、かわいいから許す！「ありがとう」の一言が、これほど元気をくれるとは。これもまた言葉の力だ。

「おおばあちゃん、老人ホームの書き初めで『カツカレー』って書いてたよね」

高熱のなか、ベッドの息子がふと言った。すでに亡くなった私の祖母の話だ。「元旦」とか「はつはる」とかそれらしい書に交ざって「カツカレー」は異彩を放っていた。「シュールな書き初めだね」「まあ、食べることが大好きな人だから」。そんな会話を、家族で交わしたことを覚えている。

「あれって、カツカレーが食べられるくらい元気になりたいっていうことだったんじゃないかなあ」

つまり祖母は「健康」と書きたかったのか。そうかもしれない。息子は何日も食べられない状況の中で、数年前の正月の光景を思い出し、祖母の気持ちに寄り添ったのだろう。石垣島にいて、お葬式への参列はできなかったけれど、何よりの供養になったかもしれない。そんなことを感じるひとときだった。

「オレの今の夢は、学校に行って、みんなと遊ぶこと」とも言う。「つまり、元気になりたいっていうことだね。元気があれば、なんにもいらないよね」。私が言うと、

「いや、いるよ！　カードも漫画もおやつもプールもリップスティックデラックスミニ（最近夢中になっているスケボーのような遊具）もドラムも……」

大好きなものを、夢見るように、あるいは意地をはるように数えあげ、並べたてる息子。けれどそれらは全部、元気があってこそのものだということにも気づいたはずだ。

ずっと泊まりこみで付き添っているので、私のことも多くの人が心配してく

れる。が、ビールも飲まずに九時消灯で、ある意味健全な毎日。折りたたみのカウチがベッド代わりだが、「寝返りが打てない」と思うとキツいので「おお、水平になる。足が伸ばせる。飛行機ならファーストクラスだ」と言いながら横になっていた。息子には、「おかあさん、前向きだな!」と呆れられたけど。

点滴が刻むリズムの
テッテチーテッテッテチー子は眠りゆくなり

晴れた日は「きいやま商店」聞きながらシャツを干すなり海に向かって

いい結婚式だった。新郎のHさんとは、息子と私が追っかけをしているバンド「きいやま商店」の仲間として知り合った。福岡のクラブやライブハウスなどでDJとして活躍している。はじめは、とにかく息子が懐いた。そして私も、彼の人柄には心から敬意を抱かされる、そんな人物だ。

Hさんが出演するイベントを通して、なるほどDJというのは、こういう役割なんだということを私なりに理解した。その場の空気を読み、人々の気分の半歩先をキャッチして、音楽を提供する。みんながどんどん盛り上がりたいときは、さらに上がる音楽を。少しゆったりしたいならば、徐々に落ち着いた音楽に。決して出しゃばらないけど、実はその場の雰囲気を作っている陰の主役。音楽に関する知識やセンスが非常に問われることは言うまでもないが、一番大事な資質は、人の心の動きに敏感であることではないかと思う。

Hさんの日常の立ち居振る舞いに接していると、DJで鍛えられた人間観察力のようなものが遺憾なく発揮されている。たとえば大勢で飲んでいるとき、不愉快な思いをする人がいないよう常に気を配っているのが彼だ。ちょっと落ち込んでいるような子がいたら、さりげなく励まし、場が必要としていると感じれば道化役もかって出る（根は、すごく真面目なくせに）。

いや、逆に、そもそもこういう性格だから、ＤＪに向いているのだろうか。ニワトリとタマゴのような話だが、とにかく今どき珍しいような三十八歳の好漢だ。その彼が、数年の交際を実らせて結婚することになり、大好きな石垣島で式を挙げるという。息子には学校を早退させて、式と披露宴に参列した。

以前から聞いてはいたのだけれど、Ｈさんの弟さんはダウン症だ。この日、初めてお目にかかった。新婦のＳさんとはすでに親しいようで、ウエディングドレス姿を興味深そうに眺め、なんだかんだと話しかけている。Ｓさんは、障害を持つ弟さんに対し、特に身構えるふうでもなく「うふふ、それは今日のアタシがキレイだからでしょ！」なんて返している。

披露宴では、Ｈさんの音楽仲間たちがステージ上で生演奏。ノリノリの曲になると、天真爛漫な弟さんが手を叩きながら、舞台に駆けあがっていく。その姿は、ほんとうに生き生きとしていて、彼もまた、お兄さんに負けず劣らず音楽が好きなんだなあと思わせられる。

Hさん兄弟のお母さんも、終始にこにこ顔。「いいお義姉さんができましたね」と話しかけると、大きく頷かれた。「わけへだてなく接してくれるのが、ほんとうに嬉しくて」

そしてパーティの途中では、サプライズの演出があった。突然、バースデーケーキが運ばれてきたのだ。この日は、弟さんの誕生日だった。

結婚式の案内状が届いたとき、週末や祝日ではなく、ごく普通の平日なので、ちょっと不思議に感じた。新郎新婦の出身地を考えると、遠方から足を運ぶ家族や親戚も多いことだろう。大安だからなのかなとも思ったが、そうではなかった。

二人の結婚記念日が、弟さんの誕生日。来年からは、毎年一緒にお祝いしていこうという新郎新婦の強い思いが伝わってくる。たぶん発案者はHさんだろうが、Sさんの同意がなくては実現しないことだ。あらためて素敵なカップルだなあと思う。

大喜びでロウソクの火を吹き消す弟さんと、そばで優しく見守るHさん。もの心ついたときから、二歳年下の弟を、こうして見守ってきたのだろう。時には辛い思いもしたかもしれない。家族にしかわからない大変さは想像もつかないけれど、弟さんを中心に温かい絆が生まれていることは、この日、ひしひしと感じられた。

Hさんの素晴らしい性格の、ある部分は、弟さんとの日々のなかで培われたのかもしれない。そんなふうにも思った。いい結婚式だった。

カウンターに君の横顔見ておれば DJがかける「恋はみずいろ」

それぞれの家の洗剤の匂いして汗ばんでゆく子らのTシャツ

週末ともなると、我が家は子どもたちでいっぱいになる。息子の友だちが常時三人から五人。加えて、その妹たちがくっついてくることもあり、七、八人になることもしょっちゅうだ。ウチは母子家庭なので、土日でもお父さんがいない。気がねがいらないのもいいのだろう。

リビングで、カードゲームや『Ｗｉｉ』というテレビゲームを一通り楽しんだあと（ウチの規則でテレビゲームは三十分まで）外の田んぼや空き地で遊ぶというのが定番のコース。道路を隔てた海に行くときは、心配なので私もついていく。人数が多い日には、同じマンションに二十代の若者がいるので、彼に応援を頼む。気さくだし、体をはって遊んでくれる人なので、子どもたちにも大人気だ。時には、私や小さい女の子が行けないような岬の先まで男子たちを連れていき、そこで魚やら蟹やらを捕まえて帰ってくる。まことに頼もしい隣人だ。

海岸では、テトラポッドやマングローブを利用した秘密基地づくりで盛り上がることが多い。小二から小五の男子たちは、ギャングエイジというのだろうか、彼らだけでつるみたがり、時に妹を疎外しがちだ。活発な女の子は、秘密基地にももぐりこもうとするのだが、邪慳《じゃけん》にされて泣いたりする。

室内にいるときも「オレたち今から真剣勝負だから。女子の面倒はお母さんが見てて」などと息子に頼まれてしまう。大切なカード類を、幼い妹たちに触らせたくないという雰囲気がありありだ。

だいたいウチに来る女の子は、幼稚園児から小学一年生。折り紙や塗り絵や、簡単な工作などをさせていれば、おおむねおとなしい。女の子ってラク！　としみじみ思ってしまうひとときだ。息子がこの年齢のころは、危ないことをしていないかばかり、見張っていたような気がする。もちろんその傾向は、今も変わらないのだけれど。行動範囲が広がって、見張りにも限界を感じる。あとは自分で命を守ることを覚えてくれ……と祈るばかりだ。

さて、幼い女子の相手をしていると「女の子って、こうなのか！」という発見もいろいろあって楽しい。息子しか育てたことがないので、ちょっとした疑似体験だ。もちろん女子にもそれぞれ個性はあるのだが、息子のときには絶対なかったなあということが、しばしば起こる。

たとえば、おやつの時間。人数分のコップと皿を用意していると、女子たちは色めき立って手伝いにくる。大きなペットボトルからジュースを注いだり、クッキーやせんべいを同じ数になるよう配ったり。そういうことが大好きだ。

海でびしょ濡れになってしまい、お風呂に入れてやったときには、私のどのTシャツを着るかで、ものすごくモメた。男子では、考えられない。ピンクのロングTシャツがいいといって、どの子もきかないものだから、しかたなくタンスをひっくりかえして、ピンクのものをかき集めた。そのうち、とっかえひっかえ着ることが遊びになっていくのである（大人の服を着ること自体が嬉しいんですね）。

下駄箱の靴を全部出して、一通り履くという遊びに夢中になった姉妹もいた。ヒールのあるサンダルやパンプスを、奪い合うように履いて、廊下をしゃなりしゃなり歩く。満面の笑み。幼くても女子は女子なのだ。島では珍しいスウェードのロングブーツを見つけたときには大興奮だった。そういえば、私の顔に化粧をさせてくれとせがまれたことも。口紅、思いきりはみ出していたけれど、それを塗ってくれるときの真剣な表情が、まことに可愛らしかった。

先日は「まちさん、つめ切ってあげる」と言われたので、お願いした。かなり危なっかしい手つき。内心ひやひやしながらも「えらいねえ。いつもこうやってお母さんのつめ切っているの?」と聞くと「ううん、今日が初めて」とニッコリされた。ええー!

七歳と五歳の少女やってきて
次々と履く我のパンプス

鬼退治　桃太郎への「オーマイガッ！」
子は「おまえが！」と覚えておりぬ

「英語でミーって、どういう意味？」と息子に聞かれた。「私をって言いたいときに使うよ」「私はアイじゃないの？」「アイは、私はって言いたいときだよ」

最近の英語教育、特に小学生などの初期段階では文法をあまり教えないようだ。以前、このエッセイにも書いたが、息子はかなり英語に興味があって、市販の教材も楽しみながら続けている。学校でも定期的に英語の時間があり、学習発表会では英語の歌をうたったり、英語劇を披露したりもする。

まずは、楽しく。そして、耳から慣れて。単語や品詞がどうのという前に、決まったフレーズをひとかたまりで覚えてしまう……というのが現在の主流のようだ。たぶん導入としては、そのほうが親しみやすく、身に付くのだろう。

だが、アイとミーの違いを聞かれたら、言葉好きの私としては、教えたい欲求がむずむずして止められない。

「日本語の場合は、私っていう言葉に『は』とか『が』とか『の』とか『を』

とかをつけて表すよね。でも英語には、『は』も『を』もないから『私』っていう言葉じたいを変身させて表すわけ。私の本って、英語ではなんて言う?」

「えーと、マイブック……あ、ほんとだ。『私の』のときはマイって言ってる」

そうそう、同じように「私は」のときはアイだし、「私を」のときはミーってわけ。ついでに「私の(もの)」のときはマインだよ。そんな説明をしながら、白い紙に書いてやると「ちょっと待って! 今から英語のノート作る」と張りきりだした。

同様に「we」「you」「he」「she」「it」「they」の変化も表にして教えると大喜び。

「うぃあーざわー(we are the world)」って歌ってた、あの「うぃ」が、この「we」か! 桃太郎の劇で、デムって言ってたのは「them」のことで、鬼たちを指していたのか! と、次々と目からウロコが落ちるようである。文法、あなどりがたし。


わけもわからず、「アイマイミーマイン、ユーユアユーユアーズ……」と唱えさせられたのでは、おもしろくもなんともない。が、その意味や便利さがわかると、案外楽しいもの。文法は無味乾燥、文法から入ると生きた英語が身に付かない……などと、とかく敵視されがちな文法ではあるが、ある程度英語に親しんだ段階であれば、効率という点からいっても、悪いものではないように思う。これは私が極端な言葉好きという面もあるのかもしれないが、そんなに文法を毛嫌いしなくてもいいよなあと感じる。

息子は、「the」や「a」や「my」の入り具合についても「わからん。どういう決まりがあるの?」と聞いてくるので、次はそれを図に書いて説明してやろう。

新しい言葉を学ぶことは、その違いから日本語を再発見することでもある。英語では、動詞の変化や単語のつづりを、まず面倒だと感じるかもしれない。が、言葉によって、面倒なところが違うというところがまたおもしろいのだ。

「たとえば、日本語では、数をかぞえるとき、猫なら一匹、鉛筆なら一本、本なら一冊と変化するでしょう。これ、外国の人からしたら、ものすごく面倒なことらしいよ」

「しかも一本はポンだけど、二本はホ、三本になるとボだからね」と、なかなか鋭いことを言うのではめてやると、子ども番組でそういう歌があるらしい。

「たとえば雨の名前がたくさんあるのも、日本語のすごいところだよ。小雨、五月雨、小ぬか雨、篠突《しのつ》く雨、通り雨、にわか雨、春雨、時雨《しぐれ》、驟雨《しゅうう》、天気雨……」

「日本人は雨が好きなのかなあ？」

「好きっていうのもあるだろうけど、それだけいろんな雨が降るからだろうね。砂漠にいたら、雨という言葉さえほとんど使わないんじゃない」

言葉は文化とつながっている。英語を学ぶ過程で、息子はどんな異文化と出合っていくだろうか。それが楽しみだ。

菜種梅雨　やさしき言葉持つ国を
歩む一人のスローモーション

エピローグ　その後のことと、やや長いあとがき

本書は、月刊誌『エデュー』に連載していた「たんぽぽの日々」という子育てエッセイの後半部分をまとめたものだ（前半部分は2010年に『たんぽぽの日々』として出版された）。久しぶりに読み返して、子育ては何もかもが期間限定なんだということを、あらためて思う。楽しさも、大変さも。夜泣き、読み聞かせ、お風呂、旅行、遊び、勉強、そして日々の会話……。息子は今、中学二年生。身長は私より高くなり、声はぐっと低くなった。園児だった息子との時間、小学生だった息子との時間は、もうこの本の中にしかない。

野外活動で作った缶詰の話のところで、手が止まった。私への手紙を缶詰にして、死んだら一緒にお墓に入れてくれるのだという。本文にも書いたが、こんな内容だ。

「ゆうれいのおかあさんえ。たくみんはおかあさんがだいすきでした。あかちゃんのときおせわになりました。ありがとう。これからもげんきでね」

げんきでね……って、もう死んでるわ！　というツッコミはさておき、こん

な無垢な「ありがとう」を受けとっていたことに、ほろっときた。この缶詰一つあれば、私の子育て、充分じゃないか、とさえ思えた。

エッセイを書いていた当時は、「死んだとき」と簡単に言われたショックや、赤ちゃんのときのお礼なんて言わせてすまない、といった気持ちが強かったようだ。時間をおいて読んでみると、感じかたが全然違う。なるほど、缶詰にする意味があった。そして本気でお墓に入れてほしいと、今なら思える。息子からの「ありがとう」と一緒に永遠の眠りにつけたら、こんな幸せなことはない。

さて、その後のことを、少し記しておこう。息子は、石垣島の小学校を同級生三名とともに卒業した。進学する中学をどうするか、実は五年生のころから親子で考え、悩んでいた。このまま地域の中学校へ進むとすると、全校生徒数名の小規模校である。また、高校は島の中心部にしかないので、車での送り迎えが必要だが、私は運転ができない。いずれにせよどこかのタイミングで、今住んでいる地域を離れることになるだろう。同級生の一人は、中学から市街地の大規模校へ進むことを決めた。

石垣の中心部に引っ越そうかと、はじめは考えた。が、そもそも私たち親子が島に住みついた理由は、小さなコミュニティの魅力によるものだ。それが、どれほど素晴らしく、私たち親子に足りないものを補ってくれたかは、本書にもたっぷり書いてある。

　ここを離れるなら、日本じゅうどこへ行っても同じじゃないかと思った。そこで急浮上したのが宮崎だ。石垣にいる五年間で、もっとも多く訪れ、滞在し、友人知人が増えた場所だった。

　縁をあげると数えきれないのだが、一つは「牧水・短歌甲子園」という催しの審査員を務めているので、息子をともなって、毎年夏休みに一週間近く滞在した。もう一つは、木城えほんの郷というところで、私の関わった絵本の原画展が二度ほどあり、これにも息子を連れていったところ大変気に入り、本文でも紹介した「10才のひとり旅」に参加した。楽しすぎて、その翌年も参加し、冬バージョン（極寒の戸外で秘密基地を作り、寝袋で寝るという、けっこう過酷なキャンプ）にも毎年通った。

「心の花」という、私の所属する短歌結社の大きな支部があるので、もともと友人知人はたくさんいる。さらに、「宮崎アリかも」と思いはじめたころ、両親とのお正月を神戸で過ごした。たまたま父の高校時代の親友が、神戸に住んでいるので食事をしたところ「宮崎によく行くんですって？　私のアトリエ兼別荘が宮崎にありますから、いつでも使ってください」とのこと。その方は定年退職後、絵に専念しておられ、昨年は宮崎県立美術館で個展を開いたほどの腕前だ。渡りに船とばかり、滞在させてもらっての宮崎研究。父の親友の親戚の方たちが、アトリエのすぐ近くにお住まいで、なにかと親切にしてくださった。

自然が豊かで、食べ物がおいしく、石垣よりは都市の便利さもある。石垣にいるときは、街に行くとタクシー代が五千円以上かかってしまうので、たまに友人の車に乗せてもらう以外は、ほぼすべての買い物をネットですませていた。宮崎のデパートで「いかがですか？　ご試着もできますよ」と店員さんに話しかけられたときには、ものすごく新鮮だった。すっかり忘れていた感覚だ。

そんなこんなで、小学校卒業を機に石垣島を離れ、息子は宮崎の中学生となった。木城えほんの郷で仲良くなった友だちには、同じ中学校に行くことになった子もいれば、別の中学だが休みのたびに遊びに来てくれる子もいる。「本の情報交換」をしていた友だちとも、やりとりが続いているようだ。

私自身は、十年来、心に温めてきた若山牧水の評伝を書きはじめている。まさか牧水の故郷に住むことになるとは。これも不思議な縁である。

仙台や石垣のママ友、息子の友だちとも、大切な縁は続いている。中一の夏休みは石垣島に、中二にあがる春休みは仙台に、息子と滞在した。引っ越しするときは寂しいし、それなりの悩ましい決断をともなうが、大切な場所をもう一つ増やしたのだと思うことにしている。

本書にも書いたように、数年前ツイッターを始めた。息子の言葉をつぶやくと、とても大きな反響がある。私としては、おもしろ備忘録くらいの気持ちなのだが。

一番反響があったのは、こんなツイートだ。

「宿題を少しやっては『疲れた〜』と投げ出す息子。『遊んでるときは全然疲れないのにね』とイヤミを言ったら『集中は疲れるけど、夢中は疲れないんだよ！』と言い返されました。」

息子、小学六年生の冬のことだった。またたくまに二万以上の「いいね！」がついて、びっくりした。確かに、ちょっとうまいことを言っている。夢中になれさえすれば、疲れることなく、とことんやり続けることができる。親の側からすると、子どもに集中せよと何かを無理じいするのではなく、子どもが夢中になれるようにアシストしてやることが大事なのだろう。本を読むことも、スポーツをすることも、勉強することも。押しつけられたら苦行でしかないが、夢中になれたら、最高の楽しみになる。

園児、小学生のうちは、とにかく「遊ぶこと」「自然に触れること」「本を読むこと」を最優先してきた。大事なことだと思ったからだし、さかのぼって体験することがむずかしいと感じたからでもある。

中学生になった息子にも、今しかできないことを、思いきりやってほしい。勉強は学生の本分なので、もちろん手は抜かず、集中の一歩先をいく夢中になれたら言うことなしだ。でも、勉強一色の中学時代というのも味気ない。極端な話、勉強は何歳になってもできるが、青春は一度きりだ。

さまざまなタイプの人と出会い、さまざまな価値観にも出合い、自分にとって大事な絆を築く力を身につける……そんな青春時代を過ごしてくれたらと思う。

親がしてやれることは、ずいぶん減ってきた。息子のためにと思い、無理をしたり必死になったりした場面が、本書を読むと蘇る。が、結局そのことが、自分自身の人生を、まことに豊かにしてくれていたのだということにも気づかされる。超インドア派、都会派の自分が、石垣島で丸五年を暮らしたことも、そのひとつ。子どもとは、とてつもないエネルギーを出させてくれるものだ。

その意味では、本書は、私から息子への「ありがとう」の缶詰でもある。

俵万智（たわら・まち）

歌人。一九六二年、大阪府生まれ。早稲田大学卒業後、神奈川県立高校の国語教諭になり一九八九年まで勤める。一九八七年に第一歌集『サラダ記念日』を出版、新しい感覚が話題を呼び、大ベストセラーとなる。歌集に『かぜのてのひら』『チョコレート革命』『プーさんの鼻』（第十一回若山牧水賞受賞）『オレがマリオ』など。エッセイに『かーかん、はあい　子どもと本と私』『俵万智の子育て歌集　たんぽぽの日々』『旅の人、島の人』などがある。歌集『未来のサイズ』（角川書店）で、第36回詩歌文学館賞（短歌部門）と第55回迢空賞を受賞。現代短歌の魅力を伝え、すそ野を広げた創作活動の功績により、2021年度朝日賞（朝日新聞文化財団主催）を受賞。

＊本書は、月刊誌『エデュー』に二〇〇九年～二〇一三年に連載された「たんぽぽの日々」を元に編集・構成した。

装画・本文イラスト……あずみ虫
装幀……辻祥江
編集協力……杉村道子
校正……別府由紀子
制作……粕谷裕次　直居裕子　斉藤陽子
販売……根來大策
宣伝……阿部慶輔
編集……半澤敦子

子育て短歌ダイアリー
ありがとうのかんづめ

二〇一七年十一月十一日　初版第一刷発行
二〇二三年六月六日　第二刷発行

発行人　杉本隆
発行所　株式会社 小学館
〒一〇一-八〇〇一
東京都千代田区一ッ橋二-三-一
編集　〇三-三二三〇-五三八九
販売　〇三-五二八一-三五五五
印刷所　凸版印刷株式会社
製本所　株式会社若林製本工場

ISBN978-4-09-388577-5